雨竹

董小翠 著

吉林文史出版社
JILIN WENSHI CHUBANSHE

图书在版编目（ＣＩＰ）数据

雨竹 / 董小翠著. -- 长春 ： 吉林文史出版社，
2019.11（2023.1 重印）
ISBN 978-7-5472-6707-3

Ⅰ．①雨… Ⅱ．①董… Ⅲ．①长篇小说－中国－当代
Ⅳ．① I247.5

中国版本图书馆 CIP 数据核字 (2019) 第 254069 号

雨竹
YU ZHU

著　　者：董小翠
责任编辑：钟 杉 王 新
封面设计：四川悟阅文化传播有限公司
出版发行：吉林文史出版社有限责任公司
地　　址：长春市净月区福祉大路 5788 号　　邮编：130118
电　　话：0431-81629363（总编室）　0431-81629372（发行科）
网　　址：www.jlws.com.cn
印　　刷：三河市嵩川印刷有限公司
经　　销：全国新华书店
开　　本：210mm×145mm　1/32
印　　张：6.75
字　　数：169 千字
版　　次：2020 年 1 月第 1 版　2023 年 1 月第 2 次印刷
定　　价：42.80 元
书　　号：ISBN 978-7-5472-6707-3

印装错误可与印刷厂联系退换。

序 一

作者几次请我为《雨竹》作序，我一直拖着。原因有二：首先，觉得自己的水平有限，不知道写些什么；其次，觉得我是一个平凡的人，资格不够。

我和作者是在一个企业内部刊物上认识的。2007年初秋，看到了作者在这个内部刊物发表过几篇文章。这几篇短文，写作手法上清新隽永；立意上新颖中有奇特；用词上婉约与轻吟并存；很有别样的文学味道。在我的心里留下了很深的印象。2008年夏日的一天，参加这个企业内部举行的"通讯报道创作交流会"，才见到了作者真人——董小翠，还知道她的笔名叫"雨竹"。

最初的几年，我和作者之间交流甚少。可能因为彼此工作都忙，我们只是偶尔在QQ上聊几句或是互致问候，对于文学创作谈得极少。2015年起，作者从网上陆续发过来一些她原创的短文，向我征询，与我交流。才知道作者在繁忙的工作中一直坚持写作，她持之以恒的精神很令人感动。

因为作者的信任，我第一个阅读了《雨竹》的全部文章。此处，我想谈谈对几篇有代表性的文章的感受，权当是为《雨竹》作的序。

《满天星语》这篇很特别。我的感觉：它既可以按照诗歌的格式来朗诵，也可以作为散文来阅读。我深信：一株株纤纤可爱

1

的"满天星"，袅袅婷婷，满脸自信，款款而来。淡雅的画面一直会在读者的脑海中萦绕。此文，标题新颖，立意独特，主题鲜明，结构合理，段落安排巧妙，上下承接顺畅，没有叙述拖沓，用词精准，字字珠玑。"我虽然默默无闻，但有着活泼可爱的个性；我尽管弱质纤纤，但有着真诚朴实的品行；我天生一副傲骨，原野里有我倔强的身影；我虽然平平常常，但有着特别细腻的柔情。"这四个段落的开头语是整篇文章的点睛之笔，结尾的四个排比句是此文的华彩之冠。

《又是一年荷花开》全文布局合理，层次分明，脉络清晰。故事起伏跌宕，描写细腻婉约，用词清雅秀丽，语言准确流畅。这篇以"令箭荷花"为引子，小中见大，微中见奇，平铺直叙的手法，将婆婆爱花护花的坚守和"令箭荷花"的魅力个性，以及自己对人生的感悟，轻轻柔柔地点缀在了洁白的纸上。

《大树和叶儿》这首小诗，给我的印象特别深刻。作者以拟人手法，将大树和叶子之间的关系、感情和心思描写得非常准确。在这篇小诗里，内容丰满，语言生动，意境优美，韵律感强。仅用了二十行精练的话语，就把中国诗歌创作的几个要素全部体现出来，可见作者的想象力和写作功力都是很深的。

《雨竹》中的精品很多，爱好文学、爱好生活的朋友，快快去《雨竹》里细细品味吧。

瘦云

2019 年 10 月于北戴河

序 二

雨竹二字初入目，意如惊鸿轻掠波。

它不似花神牡丹般的国色天香，也不如潇湘夜雨般的凄美委婉。却像是一颗小石被轻抛在湖心，涟漪随心境从容荡漾。

得知作者是用"雨竹"做了笔名的时候，我立刻就感觉这是天作之合般的恰如其分，文如其人，意如其情。这么形容其实毫不夸张，因为之前曾赏阅过作者的文章。读后总是予人以清新爽朗的感觉。怀想在山间清晨里，打开小屋木门，迎面吹来的是甜丝丝的轻风，望着远山近林，仿佛眼前的一切都被一场小雨细心地洗涤过一般。在这细雨青竹里，任谁也不愿回到喧嚣的尘世里面去了。

最能体会如诗如画那种感觉的，莫过于读王维的诗，"明月松间照，清泉石上流"寥寥十个字，却勾勒出一幅山间秋夜的画卷。我不敢说能彻底读懂王右丞的诗句，但雨竹的文章，却给了我同样的感觉。像置身于天色已暝，却有皓月当空；群芳已谢，却有青松如盖这样一个如梦如幻的世界中，景色之美妙、心情之惬意，可想而知。

我们是生活在一个时代的人，也曾在一个环境中工作。生活中的谈笑交集只是对作者了解的一部分，真正对她的了解是始于读她的文章。在文章的境域中，你可以将自己的思绪置身于任何

3

地方。可以在人流熙攘的闹市街道，也可以在寂静孤独的黄昏小园，和一个相识了很久的好友，在相互地倾吐心事。

当下，很多人都在碌碌地追求。追求物质层面的多一些，而对精神层面的追求似乎少了一些。特别是能够坐下来，静静地用文字堆砌小路，去追求自己心灵上的静谧与升华的人，少之又少。我觉得作者，就是把最能表达自己情怀的文字，植根于内心深处，继而跃然纸上，在那个两侧堆满鲜花和野草的小路上不懈地行进着！

我希望能够更多看到作者那轻轻地触碰人们心灵的文字。此时夜已深沉，遥想那年那方那景那人，心情又是一阵难以抑制的澎湃。仿佛又到了蓬莱阁，走过了将世间尘嚣隔断的振扬门（山东蓬莱阁的大门），看着眼前娇艳欲滴、盛放当时的萍花，心旌徐徐升起，随着被望穿的千里烟波，缥缈来去。也许下面这首小诗能够吟出我此时的心境：

与卿言（七绝）
暮霭烟波振扬前，
深巷萍花欲如仙。
蓬瀛万里今犹在，
随入旧梦与卿言。

贾亚楠
2019年10月于唐山

4

目 录

第一辑　春情

1

第二辑 夏思

2

第三辑　秋语

第一辑
春 情

春天的阳光，给了我追逐未来坚强的力量；

春天的清风，让我在青春路上骄傲地徜徉；

春天的绿色，给了我多彩人生无尽的遐想；

春天的召唤，给了我向着明天腾飞的翅膀。

——《春情》

春 情

　　悠闲的周末，难得美美地睡到自然醒。慵懒地起身，舒展着双臂，轻轻撩起窗帘的一角，望见晴空微蓝，早春的太阳在几朵薄云下缓缓扭动着身躯，橘红色的光线，柔柔地照在眼前这条还没有热闹起来的长街上。

　　蓦然发现，路旁的那一排排新绿，串串柳穗已经挂满了树梢，它们推搡拥挤着，交头接耳，左顾右盼。淡绿的雅致，泛青的朦胧，让人心旷神怡。阳光透过枝叶的缝隙飘洒过来，映亮了我的眼眸，沁透了我的晨衣，风儿轻轻袭来，让人神清气爽。临街不远处的一条小河，好像蜿蜒的玉带缓缓向远方流去，让人遐思不尽。河畔静谧，晨雾缥缈，昨日的烟云浮华早已悄悄褪去，留下的只有那让人心动神摇的春情。

　　推窗眺望："万条垂下绿丝绦"，恰似嫦娥舞妖娆。嫩嫩的枝叶，纤细的腰身，袅袅的裙带，倒映在清波之中，炫耀着她的妩媚和多娇。此时此刻，我的思绪随着那迷人的倩影飞向远方。

　　街道的不远处是一条红砖镶嵌的幽静小道，斑驳的长椅静静地守候在路旁。突然，一位可爱的小女孩不由得定格了我的视线。她身穿长裙，敏捷地舒展着身体，双手伸向柳树，张开双臂上下跳跃着，尤其是脖颈上围着的一条红围巾，舞动飘逸，在簇簇的绿叶衬托之中，格外别致。女孩抚摸着柳丝，欢喜又迷离，时而仰首凝望晴空，时而拨弄树下嫩草。须臾，街上响起了女孩银铃般清脆的笑声……

太阳越升越高，越来越亮，只见女孩安静地坐在长椅上，沐浴着朝阳。习习微风吹拂着女孩隽秀的脸庞，几缕调皮的发丝和红围巾一起随风起舞，裙角款款飞扬，暗香袭袭盈袖，将她衬托得更加楚楚动人，恰似一朵嫣红的玫瑰亭亭玉立。女孩看到我在凝视她，朝我莞尔一笑，这个笑靥给我带来一股温馨的暖意。她那婀娜多姿的身影，腼腆羞涩的笑脸，偷眼相看的调皮，让人久久不能忘怀。此刻我才知道，与她邂逅，有多美妙，有多婉约，有多欣喜，有多清心。

马路上又走过来并肩而行的一对小夫妻，二人双手相携，眼中深情款款，时而相对浅笑，时而轻声细语，后面跟着一个小男孩，小跑着挥动手中的风车，夫妇俩不时回过头去召唤顽皮的孩子……此情此景，好生让人羡慕啊！心头为之一颤：让我想起了远在千里之外的爱人，若不是因长年在外地工作而两地相隔，也许能够经常团聚在一起。或是一家人驾乘爱车，迎着春风的呼唤前行，把轻松和愉悦尽情放飞；或是一家人观赏斜阳，按动那快门定格欢笑，把暖暖的爱意永久珍藏；或是在静静的夜里，爱人在熟睡的孩子身旁轻哼着歌儿，我躲进书房落笔沙沙，叙写着未来和青春梦想；或是和爱人在细雨中散步，忘掉那一切的不快和烦恼，把春情嵌入我们爱的心房。试想：那是一种怎样的惬意与幸福？每天在一起生活的日子让我多么向往，但是现实却不能如愿以偿。或许，每一个女人心中都有着难以言说的苦楚，在困难面前，我学会了隐忍。隐忍是一种内心风起云涌脸上却写着笑容的淡定，透露着不显山不露水的柔韧与坚强。

春天的阳光，给了我追逐未来坚强的力量；
春天的清风，让我在青春路上骄傲地徜徉；
春天的绿色，给了我多彩人生无尽的遐想；

春天的召唤，给了我向着明天腾飞的翅膀。
我迎接你春天！
我喜欢你春天！
我珍爱你春天！
我拥抱你春天！

春天很美丽

春天很美丽
在踏青的季节里
自然悠扬的旋律在耳畔响起
溪谷探幽
共同去领悟人生的真谛

春天很美丽
在播种的季节里
世间万物都焕发着勃勃生机
充满憧憬
我们撒下了梦想的希冀

春天很美丽
在恋爱的季节里

滋生美好期盼的是盎然绿意
爱的向往
已悄然潜入我们的心底

春天很美丽
在诗意的季节里
只因在这花开时节遇见了你
彼此倾心
便给我扬眉凝神的惊喜

春天很美丽
在娇艳的季节里
姹紫嫣红抵挡不了你的靓丽
我的眼里
你就是清新脱俗的唯一

春天很美丽
在浪漫的季节里
满心期许间泛起了层层涟漪
未来路上
清婉流年只愿与你相依

愿所有美好都如期而至

　　偶尔听见几声乌鸦哇哇乱叫，就莫名地心生怒火，埋怨它扰了我的清幽梦，开始抱怨生活的不公。

　　偶尔遇上艳阳天刚洗完爱车，又突逢暴雨的天气，就怪时运不济选错日子，开始迷信命中的定数。

　　偶尔别人不经意的一句批评，就会变得郁郁寡欢，做事提不起精力和热情，开始无由颓废和堕慵。

　　偶尔当一个愿望没达到预期，就放松了追求目标，就神不守舍并意志消沉，开始放弃理想和希冀。

　　一切把它归结为心情不好。

　　殊不知，此刻失去了一次观赏蝶舞鸟飞的悠闲，错过了聆听一次雨打芭蕉的欢愉，丢失了一次可以获得成功的机会……

　　若是没有鸟雀百回千啭的鸣叫，大自然何以变得如此和谐雅趣，富有灵性，充满活力？

　　若是没有雨水的洗礼，怎能体会到爱车干净如初后的愉悦？怎么能够欣赏到清澈与纯净的晴空？

　　若是没有朋友的提点，还怎能在竞争日趋激烈的工作中如鱼得水、游刃有余？若是没有同事的帮助，就不会有坚强的信心去直面人生。

　　人啊人，不要自卑要自强，不要颓废要向上，要激励自己，要鼓足勇气。从这一刻起：不再愁眉苦脸，皱眉容易变老，其实你笑起来也很好看；懒惰使人庸俗，激情在胸必定会实现梦想；境由心生，心情好自然一切都好。

万物衍生、阴晴圆缺，这些都是自然规律。人类享受着自然界赐予的一切。仔细想来，很多开心都是免费的。不是吗？

愿所有美好都如期而至。

时光中的女人

光阴荏苒，岁月如梭。行进在时光的小径，春光烂漫，夏柳成荫，菊待秋开，寒梅傲雪，到达曲径通幽处，方知四季已流转。时光很短，时光很长。无论季节如何更换，要让阳光永驻心间。无论经过多少冷暖，梦想就不会再遥远。最深最暖的温情，藏在人们的心中。特别是时光中的女人，韶华纤纤，不负流年。不同年龄段的女人都有着不同年龄段的韵味，所呈现出来的是一种无可复制的自然美。

20岁的女人羞涩可爱，纯真萌动，焕发着特有的青春活力。犹如春天的小草，奋力拨开泥土，充满朝气，傲视着这原有的世界；犹如粗壮的杨柳，在乍暖还寒时挺拔着身躯，甩着绿色的长辫子，洋溢着蓬勃的生机，孕育着希望；犹如活泼机灵的燕子从南方风尘仆仆赶来，衔着春光为世界增添碧的色彩。

30岁的女人漂亮自信，端庄优雅，知性稳重，还有一股儿倔强的女人味,挥洒着夏天般的浪漫激情。而立的女人如酒,浓烈又醇香。她褪去了20岁前的任性稚气,像是到了重新出发的年纪,愈发变得涵养有情趣,韵味十足。30岁的女人穿起衣服来,也是别样的精致和独特。尤其是着一袭旗袍,婀娜身姿,绰绰约约,优雅万方。莞尔一笑间,眸光闪动,粉黛眉锁,娇羞欲语,好似仙女降临。她轻拂衣裙,纤纤玉指,暗香盈袖,难掩伊人的俏丽容颜。有诗曰:"姝女靓眸少忧愁,欲掩欣喜笑含羞。山水痴情只为伊,思念尽洒长江头。"

40岁的女人秀外慧中,娴静淳朴,拥有秋天般的成熟魅力。她乐于享受家庭带来的快乐和温馨,让孩子在母爱的关怀照顾下健康成长;她与男人相依相伴,为自己的家默默付出,甘愿倾其所有;她面对挫折和失意都能坦然处之,淡泊宁静,处事不乱,心态波澜不惊;她善良乐观,阳光自立,即使迈入中年,也一定要闪闪发光,保持年轻,风韵犹存。

50岁的女人善解人意,智慧宽容,如冬天般纯洁美好,淡定从容,美不胜收,自成风景。有的带孙子或孙女,为子女减轻负担,做力所能及的事情;有的走出家门,结伴旅游,或携手登高,或幽径漫步,或晨起观日,或同舟畅游⋯⋯有的活跃在户外的广场,身穿靓装,扭动腰肢,尽情跳上一段集体舞,展现自己的风采;有的还在忙于事业,热心于公益活动,继续发挥余热,实现自我价值⋯⋯

学会自我欣赏,懂得自我肯定。提升自信,完善自我。每个年龄段的女人都有吸引人的地方。年轻时的张扬轻狂,中年时的文雅睿智,老年时的豁达仁慈,都是多姿多彩、别具一格的风景。女人一生绽放在时光深处,无畏光阴的打磨,纵是年龄增大,依然温婉美丽,依然动人心弦,依然让男人着迷和眷恋。

雨竹（七绝）

伫立书斋前，忽听窗外，雨声潇潇。抬眼望去，只见几株翠竹在细雨中随风轻轻摆动。在案头上，我的作品集《雨竹》已经完成初稿，辛勤的汗水终于浇开成功之花。心生喜悦，提笔写下一首小诗，记录下此时的心境：

忽见窗外竹叶浓，
雨落萦雾意朦胧。
笃志研学终有获，
笔下诗文蕴长虹。

赠人玫瑰手留香

周末清晨 6 点，我还做着香甜的梦时，爱人就把我从被窝里

雨竹

叫醒，说驾车带我去唐山市里游玩。爱人径直将车子驶进了市区的人民纪念碑广场。我满脸疑惑，问道："不是去玩吗，来这里干吗？""哦，昨天手机收到了一条短信，说血站急需 A 型血，我的血型刚好相符，咱先办正事儿！"看着他一本正经的样子，我暗自发笑，还挺可爱的。记得从 2006 年结婚到现在，爱人每年都坚持去无偿献血。十多年的时间匆匆而过，已记不清献了多少次，他早已把义务献血当成了分内之事。我问他为什么，他说，每每想到自己的血能流在那些急需的病人的血管里，是件很快乐的事。听着爱人的话，我被他这颗善良的心所感动。

无独有偶。回家的路上，爱人驾驶车子，说车胎不稳，必须先找个地方打打气。车子行进在途中，我们遇到了一辆流动补胎的小货车。车主很热情地帮车子打好了气。当我向他道谢时，车主说了一句质朴的话语令我动容。他说："不用客气，谁都会遇上困难的，帮点忙不算什么！"心存感激的同时，也感受到了因为我的道谢使他心情愉悦。我家所住的小区附近路况不好，路上总伴有石子。到拐弯处，我让爱人停了一下车，把小路中间的一块大石头搬到了路边。看着我的举动，爱人会心一笑。

"善人者，人亦善之。"你对别人好，别人也会对你好。对他人态度温和友善，自然就会收获倾听者；对他人欣赏宽容，自然就会心情舒畅，倍感幸福。"赠人玫瑰，手有余香。"落叶从不向泥土许诺去留，却相依相伴；鲜花从不与蝴蝶约定永远，但为之灿烂；古树从不悔青藤日夜缠绕，而陪伴奉献。为自己也好，为别人也罢，在力所能及的时候，伸出双手帮助别人，给别人带来快乐的同时，也给自己带来了快乐。

心里的风景

清晨雾霭散成薄纱，水露映衬光辉。我拾起射入窗内温暖的阳光，伴随着唱机飘来的音乐，竖成琴弦，弹奏着一曲轻扬曼妙之歌。依着春风吹过的足迹，寻觅着那一串花开的声音，在岁月里静守着安然，在红尘里舒缓着情怀。

静坐在清幽的小院，微风和煦，仰望苍穹，碧空如洗。远处的青山含黛，云蒸霞蔚，炊烟袅袅升起，随清风悠悠地飘荡，飘进了云层里。云彩与炊烟慢慢地融合在一起，分不清哪里是云朵，哪里是炊烟，散发着无限的生机和魅力。

枝头的绿意日渐饱满，路旁的小草向我点头示意。庭院里的那株兰花，随着季节流转，越发雅致，摇曳着身姿，让人顿生爱怜。这盎然的春意，撩人心弦，似那本洒满青春的诗集。指尖缠绕，在如歌的岁月里，书写着生活的点滴，书写着如梦的诗行，明媚着曾经的过往。

闲暇时，最喜欢的地方就是小院后的丛林。漫步在幽静的林道，襟袖间是泥土的气息。流连在此处，不必说环境多么清幽，也不必提空气多么清新，单就这林间的风景，就足以让人迷醉。习惯与林间对话，吮吸着树木的清香，感受着初春的暖意。当思绪压抑许久，寻求释放愁情的出口时，我便投向林间的怀抱，一股舒爽之感涌遍全身，打开心扉。清爽的林间就像他的怀抱，是我感受过的最美的栖息之地，他的微笑，能温暖我的整个心窝。

黄昏后，伴着芬芳馥郁的花香，林间在朦胧中透着夜色的静谧。我舒适地仰躺在靠椅中与明月彩云共闲适，与月光下的淡然之心相映衬，清澈地看到新月萌萌羞羞的样子，感到月光似乎也格外讨喜起来。望着天上的明月和淡粉色的流云，澄亮的世界总是让人心生欢喜。捧起一束月光托于掌中，就这样在手心里贮存下一份纯净无瑕的感动和记忆。

这世间总有一些不期而遇的缘分。与他相遇，便不再忘记，心有灵犀的默契，纯粹美好的情愫，彼此植于心间。只为在花开的日子，能与之牵手，看尽花开花落。百花园中他不是最美的，但却是最让我倾心的。我愿化作兰花，只待一朝，为他绽放。用心拾取淡淡的馨香，许下一片安暖，让心头的丝丝牵念，萦绕在春暖花开的季节里。

他和所有的美好，就是我心里的风景。

相约在早春

阳光明媚，满目青翠，小草铺满了大地，原野上薄雾缭绕，春风唤醒了生命最初的悸动，催开了蕴含在人们心底里的憧憬。几个好友议定去赶赴一场春天的约会——河北省秦皇岛海岛温泉自驾游。

"人间四月芳菲尽，山寺桃花始盛开。"2016 年 4 月 2 日下午2点整,八辆白色东风风光580汽车,在习习的微风中启动,由唐山市南外环驶向唐港高速,向着目的地飞驰。

一路上,云淡风轻,欢声笑语。八辆汽车不疾不徐地在公路上鱼贯行进,时尚动感的车身帅气而不失霸气,活像一个个"白色精灵"。又好似一群身着白色运动装的长跑健儿正在进行训练,修长健美,颜值爆表,不时地引起路人的注目,有的还竖起了大拇指。路旁的树呀花呀也频频招手致意,洋溢在脸上的那抹甜美的微笑,就像樱花浪漫地飞旋飘落,温暖了我的心田。和煦的阳光,妩媚含蓄,好像羞涩的少女,依靠在妈妈的肩上,亲昵撒娇;四月的春风,热情豪放,仿佛跳跃的鱼儿,徜徉在大海的怀里,欢快嬉戏。想象这个情景:沐浴阳光下,泡在温泉里,躺在长椅上,观赏海上的风景,多么惬意!

下午5时,车队顺利抵达了距离海岛温泉1公里处的宾馆留宿。眼前一座座落落大方的民宅,恰似一位位身着白色婚纱的新娘,颔首娇羞,热情地欢迎着远来的宾客。这里温度较低,凉风袭来,瞬间感受到沁人心脾的清凉。我感觉,正是这种清凉,会把心中的烦恼排空,而装满对未来的激情。

第二天,我们早早来到"秦皇岛海岛温泉"。温泉周围有苍翠树木,仿若"海边的丛林仙境,盛开的温泉花园"。大圆穹顶下能让几千人同时享用万里无云的风光,身临其境,似乎来到了一个秀色氤氲、水木清华的热带雨林仙境。温泉区内有大大小小几十个汤池,热带雨林的、中药养生的、溶洞温泉的、异国风情的……细细地欣赏绝佳的美景,静静地享受特有的舒适,当身体浸入水中的那一刻,顿觉一股暖流包裹全身,舒服极了!阳光、沙滩、躺椅、比基尼……从涓涓细流到拍岸巨浪,置身于温泉池内,似乎自己身处夏威夷海滩,真切地体验到了"泡着温泉看大海"……还有的人直接站在了53℃的出水口,体验水流冲击带来的快感。

据服务员介绍，此温泉为"氟型淡温泉"，具有美容、养颜、保健、养生等功效，水质清澈透明，沐浴后全身细腻润滑。孩子们戴上了游泳圈，畅快地在水中嬉戏，等待"海啸"暴烈而来，一次次漫过自己的头顶。当顺着滑水梯飞快冲下的瞬间，仿佛穿越了时空，回到了自己年少的时光，无比快乐！在温泉弥漫的水汽里，在不停变换的池子中，在大家的语笑喧哗中，时间过得飞快，夕阳西下。身心的疲惫在不知不觉中得到了消解。

相约春天，放空心灵；相约未来，绽放激情！亲爱的朋友，让我们在春天里携手前行！

诗意在春天里徜徉

"我说你是人间的四月天，笑响点亮了四面风，轻灵在春的光艳中交舞着变……"漫步在春风里，吮吸着清新空气，听细雨呢喃，看花儿争俏，赏盎然绿意，品读着林徽因的诗行，随着简约宁静的思绪，徜徉在春天的诗意里……

温和的春风轻抚我的面颊，柔柔地、痒痒地，我伸出一只手急切地想要抓住它，它慌忙躲闪，飘然溜走，忽又回来，趁我不备，肆意地撩拨着我的长发，调皮地与我嬉戏。远处枝头上的几只鸟儿不停跳跃，时而展翅高飞，时而低声轻语，时而清脆嘹亮，时而婉转悠扬，怒放的花儿随风拂动，摇曳生姿。

一株株娇艳的花儿聚集在一起，金灿灿的花蕊像一群小仙女，在阳光下曼舞，纤细柔美，秀丽典雅，气质非凡，如同祥云一般降落在大地上；片片花瓣，朵朵馨香，微风吹拂，沁人心脾。白居易有诗云："金英翠萼带春寒，黄色花中有几般。凭君语向游人道，莫作蔓青花眼看。"眼前的迎春花开得如痴如醉，让我流连忘返，它就是春的信使，最早给人们带来了春的讯息。

小草也调皮地探出头来，摇晃着身躯。嫩嫩的枝芽吐露着清香，深的、浅的、青的、翠的，用它们众多微弱的身子，再一次染绿了沧桑无垠的大地。泥土之香、花蕊馨气、草儿素味，裹在一起的芬芳，令我忘却一切烦恼。此时心情是如此愉悦，脸上洋溢着甜甜的微笑。心底的初恋情愫油然升起，眺望着充满生机却又空旷的原野，任莫名的思绪悄悄游弋。

春雨打着欢快的节拍，如约而至，滴答不停，奏起了一阵阵悠扬动听的快乐之歌。雨滴散落在地上，溅起一朵朵银亮的水花，轻盈地旋转，与花儿草儿翩跹共舞。雨点轻柔地纷飞，仿佛是一滴滴琼浆，不断地打在我的身上、脸上，滋润了我的心坎。我不由自主地连续高声喊着："我爱你，春雨！"我的爱意激发了小雨的热烈回应，雨水肆意与我拥抱缠绵，共同祈愿未来生活的美好，让梦想成真！

在这个明媚的春天，与你相识，是今生最美的际遇。我静坐，指尖翻开扉页，书香袅袅，隽秀的文字轻轻划过，将你的笑貌印在我的心里。看岁月楚楚，品墨香悠悠，和诗行对话，或感动，或震撼，或欣喜，或悲怆，将婉约的心事，轻撒在那一抹醉人的馨香中。隐约中传来你轻唤的声音，修长的身影若即若离，在斑驳的时光中寻你。真想，就这样，把春天的细腻含情，让清风捎给你，飘逸在你来时的路上，萦绕在你的心里……

又是一年荷花开

我家的荷花又开了。

这次开得更加鲜艳猛烈，花朵都一股脑儿地探出头来竞相开放，又大又旺盛，在这个春暖花开的季节里如同火焰般在燃烧。以娇丽轻盈的姿态、绚丽夺目的色彩和幽郁沁人的香气，令人赏心悦目，流连忘返。

起初我以为这只是一盆不起眼的仙人掌，还怕叶子上的刺儿扎到孩子，劝婆婆把它搬走。但婆婆告诉我说："这叫'令箭荷花'，你可别小看它，相信有一天它终会盛开出绚丽的花！"这能开出花来？还要开出荷花？我半信半疑，从此没去理会它。

记得去年的一天清晨，四周岁的儿子突然跑过来，小手拉起我就奔向阳台："妈妈，快看，快看，开花啦，开花啦！"一支支娇绿的令箭身上悬挂着几株娇艳粉嫩的花，还真的像荷花呢。啊？居然真的开花了？我欣喜若狂，简直不敢相信自己的眼睛，情不自禁地和儿子蹲在一旁静静观赏。令箭荷花的根部有小的花苞，儿子忍不住伸手轻点，花苞似乎有意藏着羞红的微笑，调皮地望着我们。突然，有一朵随着一个清脆而又微弱的声音静静地张开，仿佛从梦中刚刚醒来的睡美人一样伸开懒腰，粉红细长的花瓣，一片压着一片围成一圈，拥抱着一簇嫩黄的花蕊格外抢眼，好像一声令下，缓缓地一起向外舒展，伴着一股馨香沁人心脾，惹得我爱心涌动，那娇美那艳丽那柔情牵制着我的脚步沉醉流连。又是一年荷花开，芬芳争艳别样美。

这株令箭荷花，婆婆精心照料了五年有余，一直被置放在阳台的一个角落里，我从没拿正眼瞧过它。但婆婆常常给它浇水，叶子耷拉了就用捡来的枯树枝架上，让它挺起腰杆。家中的淘米水、喝剩下的茶叶、冲洗奶粉的水，还有拣剩下来的菜叶、鸡蛋壳，这些物料就成了它的日常肥料。这样一晃就是几年。而从去年开始，到了这个时节，令箭荷花就欣然绽放，也的的确确验证了婆婆所言不虚。家人们争抢着赏花拍照，邻里们也闻讯赶来，向婆婆认领花苗，请教繁殖栽培的方法，令箭荷花给我们带来了无以言表的快乐。

令箭荷花长着仙人掌的身体，间有短刺，单花生于茎先端两侧，墨绿色的叶子，长长的叶茎长成针状，小小的刺非常坚硬，浑身上下好像布满了铠甲，似是在向我示威，拒绝我的亲密触摸。我突然明白了：这身铠甲就是为了保护它的荷花仙子不受任何伤害！它的短茎是手掌形的，叶缘还带着一排小齿轮。它伸展出来的根茎浅绿中带有粉，花茎弯曲，花从茎节两侧的刺座中开出，花筒细长，像一朵朵张开的小喇叭。花色有紫色的、红色的、粉色的、黄色的，等等，开花的时间可延续几个小时。眼前绽开的这娇盈傲莲的花朵是粉红色的，娇翠欲滴，犹如凤冠，叶子酷似张开的翅膀，远远望去就像一只展翅欲飞的凤凰。在阳光的照射下，绽放的花朵娇丽轻盈，摇曳闪射出金色的光泽，显得更为出众，好像一个个穿着粉红色婚纱的仙女惹人喜爱，又像亭亭玉立的少女娇滴滴地站在那里。含苞欲放的花骨朵宛如一支支向空中射出的箭，从边缘圆锯齿状的肉质扁茎的凹口抽出花来，恰似荷花长在令箭上，有一种很特别的美，正与它的名字相吻合。"污泥不染自超群，可奈濂溪未观君，一箭传来花讯令，满堂青紫沐香芬。"也许只有诗人的情怀和笔触，才能将这令箭荷花的多姿俏丽描述得如此淋漓尽致。

聆听这一串花开的声音，静观花儿静静地绽放，我忘却了流转的光阴，如同邂逅了一位倾心的知己，在回眸的一瞬间，惊艳了时光，陶醉了芳心。花儿历经了干涸枯萎，风吹雨打，走过了几多寒冬酷暑，在漫长的等待中，终究迎来了它绽放光彩的这一天，而人生亦是如此。令箭荷花的花期虽然短暂，但它超常的再生性、惊人的毅力、坚忍不拔的品格却永驻在人们的心田，卓尔不群，芳香四溢，将美丽带给了人间。

新闺密

几年前，因为朋友搬新家，陪同他去逛花卉市场时偶得一株绿萝。没想到，独自一人的办公室里，这株绿萝陪伴我一晃就是几年。听人说，绿萝既能点缀室内风景，还能净化空气。为此，我特意把绿萝放在了办公室一眼就能看见的地方，累了就看看这绿色的植物，舒缓一下紧绷的神经，减轻眼部疲劳。

平日里，这株绿萝并没有受到我特别的关爱，只是偶尔闲暇之时，才会稍加照顾，给她浇浇水，也很少把她搬到户外去见见太阳。现在想来，倒是觉得些许愧疚。然而，就是在这样无人关注的环境里，她依旧无声无息地生长着。偶一日，我蓦然发现：几株藤上生出了些许新叶，在不声不响中把自己展现出来。我时时会被这株绿萝接纳包容、积极向上、充满希望地默默生长而深深感动。

现在有空就为绿萝浇水、施肥，修剪泛黄的枝叶。每每到此时，短短的几分钟，既打理了绿萝，又放松了心情，缓解了疲劳，享受着别样的愉悦和放松。她是那样静静地、优雅地、无声地陪伴着我，让我不再烦恼，不再抱怨，不再颓废，不再懒惰；让我焕发激情，胸怀朝阳，信心满满，继续前行。心情烦闷时，就和绿萝说话。每次和绿萝交谈时，她像是听懂了我的话，轻摇身躯，放出碧光。忽一日，我陡然觉得，她就是我的新"闺密"，一位独特的知心好友！

绿萝的蔓茎自然下垂，心形的叶片长在同一株花藤上却能有着深浅不一的绿色，精致巧妙地串联在一根缠绕着花柱的藤蔓上，一点点地延伸。给她浇水时，几滴水珠从叶子上滑落下来，在阳光的照耀下，像绿宝石一般晶莹闪烁，娇秀鲜嫩，自由地舞动着曼妙身姿，极像小家碧玉般的端庄温婉。瞧，那微曲下垂的蔓茎，不正是少女的臂弯？前端嫩嫩的新叶，不正是少女的芊芊玉手？大大小小的枝叶串接，团团簇簇，青青翠翠，焕发着勃勃生机。她不张扬，不做作，含蓄蕴藉，恰如其分地展现着自己的独特美。喜欢这醉人的一抹绿，她点缀着我的生活，萦系着我的遐思，寄托着我的美梦，激励着我向前。

无意间得知绿萝的花语是"守望幸福"。虽然她不能开出美丽的花朵，但她坚韧善良，生命力极强，只要有水就能生长。我喜欢绿萝，她默默地伴我成长。在我高兴的时候，能与她一起分享快乐；失落的时候向她倾诉，让我极快地振奋起来。她那不屈不挠的毅力一直影响着我，让我对待人生始终充满希望和梦想。绿萝，不愧是我的新"闺密"！我要和新"闺密"一起走下去，不离不弃，直到永远！

大白狗熊熊

"熊熊，过来！熊熊，过来！过来！"每次回到农村老家，只要我亮开嗓门一喊，"熊熊"就会直奔我而来。"熊熊"是2015年弟弟买回来的大白狗，是一只萨摩耶犬。

"熊熊"个头大大的，好似狗熊的样子。蹲姿的时候有半米多高，体格强壮，体重有一百多斤，我们亲切地称它为"熊熊"。它通体雪白，身上的绒毛软绵绵的，犹如棉花一样地轻柔。它那三角形的耳朵总是挺立着，一双黑葡萄似的眼睛水灵灵地滴溜溜来回转，乌黑的鼻头下，一张大嘴哈着气，吐着舌头，流着口水，口水流下来多的时候像一挂小瀑布。它的尾巴总是卷起来，似一个白色的小绒球。

"熊熊"不同于其他的狗。它的面部表情好像一直在微笑，眼神很是特别，盯着人像是要说话，偶尔还带着嬉笑的模样，让人不自觉地想与它亲近。它性情温顺，稳定，待人亲热。每次见到我的时候，都会快速地跑过来，在我的身上蹭来蹭去。我俯下身轻轻地抚摸着它的头，它立即呈坐立状，伸出一只前爪主动与我握手表示想念和友好，脑袋不由自主地贴近我的怀里索要拥抱，瞧它那憨态可掬的样子，甚是可爱！当我的食指做出"一"时，它就会叫一声，让它坐下就坐下、起立就起立，很是聪慧乖巧呢。闲暇时，我就带着它去村外散步。倘若我偷懒了不想出门，它就会在我身边蹦跶，伸出两只前爪趴在我的腿上，身子不停地晃动，用恳求的眼神望着我，好似在说："亲爱的主人，不要懒了，我们该去散步了，锻炼身体有益身心健康，有我陪伴你很会开心，咱们快走吧！"当我带它走出家门，它立刻兴奋得摇头摆尾，灵动十足。一路上时而在我的前后跑来跑去，时而抬起头来歪斜着孩子般的笑脸观察着我的表情。

"熊熊"大多数的时候喜欢静静地躺在院子的角落里，偶尔还会眯缝着眼睛环视四周动静，或是独自闲庭信步。但是淘气起来常常弄得我哭笑不得。它的淘气主要表现在它的吃相和洗澡。有一次，我拿着一块骨头在它眼前左右摇晃，故意挑逗它。刚开始它还有些懵懂，随后就集中了精神，两只眼珠随着骨头左右转动，死死地盯住，好像在说："谁也不要和我抢！"突然，我将骨头向天上抛去，只见它铆足了劲儿身子向上一跃，向着骨头扑去。说时迟那时快，我迅速又将骨头接住，急得它在我身旁打转，摇着卷起的尾巴乱叫，我站在一旁哈哈大笑。当我再次把骨头抛向空中的时候，它先是退后几步，身子呈赛跑的姿势，等骨头快要落地时，它急忙窜过去，一下子准确无误地咬在了嘴里，"绒球尾巴"才慢慢舒展开来，仰起脸看着我，得意扬扬地，仿佛在说："怎么样，还是被我抓到了吧！"等它静享"美味"时，吃得太认真了，决不允许有人打扰，吃够了自己还会和骨头玩耍，叼起来扔出去，要不就把骨头悄悄地藏起来。它玩得太脏的时候，我就会把它按在水龙头下洗澡。刚洗时它很听话，可趁我稍不注意，会突然猛地把头摇晃几下甩我一身水，我抬起手装作要打它的样子，它却龇开大嘴，露出舌头和牙齿，微笑地望着我，仿佛在说："主人啊，您就看在我这么帅的份儿上，原谅我这一次吧，保证下不为例！"看到它哀求幽怨的眼神，我忍俊不禁，难怪萨摩耶犬有着"微笑天使面孔，捣蛋魔鬼之心"的称呼呢！

这只狗平日里不易怒，但是它绝不允许他人的挑衅。它的听觉很灵敏，对光也很敏感。一旦听到生人的脚步声，耳朵立即竖起来，"汪汪汪"地冲外狂吠。它叫起来很严肃，似乎在质问："你是谁？不经我的主人同意就想私自闯进我家来，没门！"而后目不转睛地盯着生人，禁止一切对家不利的行为或是举动。尤其是见到有光的地方，更是狂吠不止，活脱脱的一个"自动报警器"！正是因为有了"熊熊"的陪伴，我们的生活才增添了无限的乐趣。

　　狗是人类最忠诚的朋友，它的寿命很短，仅能陪伴我们十几个春秋。当它自然老去的那一刻，每一位主人无一不怀念与它相处的朝夕，任泪水一次次溢出眼眶。人类应该善待它，善待每一个小动物，人与动物需要在一起和谐生存。

遐　思

在春萌生希望的季节里
是你拨动了我的心悸
流年里与你邂逅
初遇时那份美丽
让我怦然心动
茫茫人海众里寻你

在夏滋长激情的季节里
是你牵动了我的思绪
朦胧月下的初吻
曾经的彼此相依
让我纯情涌动
锦瑟年华只为懂你

在秋清爽收获的季节里
是你触动了我的记忆
曾经甜蜜的笑容
相濡以沫的朝夕
让我深深感动
悠悠岁月痴痴等你

在冬蕴藏幸福的季节里
是你主动住进我的心底
真情在时光里涟漪
纯净一方爱的天地
让我心旌摇动
沧田桑海依然爱你

雨竹

别了，小N

当听说爱人要把相伴三年多的夏利 N3 汽车卖掉时，我的心里有股说不出来的滋味，一种无名的酸痛涌上心头，酸楚和回忆搅得思绪烦乱。虽然嘴上说不情愿，但眼见爱人想换车的欲望日渐强烈，我执拗不过，最终同意将车卖掉。想想毕竟它陪伴了我三年多的时间，心里有了不能言表的感情，多少个日夜，它伴着我走过风雨，踏上漫漫征程，解决了多少困难……

当把车钥匙交给新车主的那一瞬间，我的心里哽咽了，感情在此刻无限地升华，眼泪毫不顾忌地夺眶而出，就像自己的女儿要远嫁了一样，不知是祸还是福？只希望新主人能够善待它。时至今日，每每看到公路上奔跑着的银色夏利，我都以为是它回来看我了，就会忍不住回头张望，直到车子没有了踪迹……

我和爱人刚刚结婚的那一年，喜出望外的是我怀孕了，婆婆怕我上班吃不好，且家里距离工作的地方也比较远，所以买车的计划提上了日程。在当时的家庭环境，我们手里仅有一点积蓄，加之公婆给的现金，预算不超过五万元。于是，我和爱人开始在这个价位上选购车辆，看了奥拓、北斗星、奇瑞、夏利等。反复斟酌，我们根据外观、发动机声音、灯光、甚至窗户防雨条等多方面精挑细选，终于购买了一辆银色的夏利 N3 汽车，我亲切地称呼它"小 N"。有车的梦想终于实现了。就是在那一夜的梦里，"小N"承载着我的梦想，载着我和我的家人，向着一个叫作幸福的地方前进着。

"小N"来到家里后，我和爱人每天驾驶它开始往返于公司与家里。但每次都是爱人开车，我坐副驾驶，心里也开始盘算着，如果自己有一天能开着"小N"行驶在马路上，那该有多好啊！生完女儿后刚上班，我就迫不及待地去考了驾照。驾照拿到手的那一刻，我甭提有多高兴了，"小N"也顺理成章地成了我的练习对象。开始驾车的前几天，感觉从未有过的疲惫，因为要应付各种情况，在驾校学的那点知识是远远不够的。虽然有爱人在旁边指导，但是真正开起车来还是要靠自己。怎么使手脚动作连贯、怎么准确使用灯光、怎么会车、怎么过凸凹的路段、怎么过水路等，有太多值得我学习的知识和经验，有时候全凭借着勇敢和感觉在开车。尽管自己开车已经相当小心了，但还是没能保护好"小N"，给它带来了第一次创伤，我至今也无法忘怀，也因为那次教训长了记性。现在讲起来，还被爱人津津乐道。

一天下班后，我照例开着"小N"回家，当车辆行驶至路口拐角处时，突然一辆摩托车直闯过来，我躲闪不及，第一直觉就是踩刹车！结果，摩托车躲过去了，"小N"却径直撞在了对面房子的墙上。墙没事，人没事，但车子损失惨重，大灯、前脸撞开了花。我错把油门当成刹车，车子就失控了。当时，我的眼泪忍不住稀里哗啦地流了下来，心疼得都要碎了，那种疼比伤在自己身上还要痛。

如今细数起来，"小N"已跟随我们4个年头，走过7.3万公里。我们的生活也因为有了它而增添了无穷的乐趣：它载着我们跋山涉水、一路前行，游览了许多祖国的名胜古迹；有了它的陪伴，我和爱人的生活变得如此多姿，车厢里有过欢声笑语、有过夫妻间的磕磕绊绊，它都尽收眼底；最重要的是它方便了我们的生活，无论是上班，还是购物、旅游、访友，都能够随心所欲，不再为交通发愁。

我的"小N"，不仅仅是我的一种交通工具，更是我的闺中密友。有了它的陪伴，我不会感到寂寞。喜欢静静地坐在车里，和"小N"独处的时刻，在这样的环境里听着悦耳的音乐，看着趣味的书籍，真是一种美的享受。没有了车的日子，我的生活不知该怎样过。

现在终于决定要换车了，心里有太多的不舍，思绪总不能平静。"小N"，没有高傲的外表，没有名贵的血统，却跟了我这么些年，陪我走过了这么些路，它已不再是一辆普通的夏利，在驾驶中我们建立了彼此的信任，它真实得如同我的手足，它给了我很多，也让我学到很多、感悟到很多。

别了，我的夏利"小N"，希望下一位主人好好对你……

北极星没有眼泪

寂静的夜。听，小草正好奇地从黑暗的大地里偷偷地探出头；小树静静地吐出新芽，在轻轻呼唤着小草；柳叶扶风悄悄轻谈，桃花朵朵含羞绽放。一缕夜风拂过，无声无息地亲吻着我的脸颊，伴着一轮清月，心中开始荡漾，斑驳的记忆在风中随想，慢慢地沉醉、迷离……

回首与你相识的时光，仿佛就在昨日，历历在目。岁月静好的日子里与你相遇，已是奇迹。点点滴滴记忆的碎片常常把我掩埋，当所有的人和事——在我眼前掠过，影像在记忆中慢慢地模糊、淡化，你依然萦绕在我的心头，久久不曾忘怀。斑驳的时光，将一段段岁月的剪影浓缩，将你伟岸的身影深深地镌刻其中。

仰望夜空，繁星点点，静谧而璀璨，美丽又浪漫。你说过，天上那颗最闪烁的星，就是北极星。当季节更替，所有的星星都改变了位置，唯独那颗北极星，依然停留在原来的位置，默默地闪着光。当心中有了迷茫，就要寻找这颗星，它喜欢牵着你的手，让你的灵魂和思想远离乌云烟雾，为你指引光明的方向，无论什么时刻都要快乐，因为北极星没有眼泪。自此，我学会了等待、容忍和坚强，学会了忘记痛苦，找寻快乐。

曾几何时，你修长的指尖轻划过我的修眉，你宽大的手掌抚摸过我的脸颊，你宽阔的胸膛让我倚靠相拥……就想这样贴心地依偎在你的身旁，枕在你的臂弯安然入睡。我想，这便是最大的幸福。

此刻，我愿变成一盏窗灯，在这样悠长的夜晚里默默地等待着你；我愿化成一杯淡酒，在这样皎洁的月光里消散你一天的忧愁；我愿变成一缕晨曦，在这样柔柔的月色里，照进你的窗，轻轻地唤醒熟睡中的你，告诉你，此刻我是多么地想念你……

若可以，我愿化作你的北极星，在彼此深情款款的日子里，用我的生命来守护你、陪着你、等待你，把这份浓浓的情思、深深的爱恋，坚守永恒！

《新华字典》的自白

我是一本书，是含着金钥匙出生的名门望族，只有在正规的场合才能找到我。我丰富多彩，包罗万象，深受人们的喜爱，而且影响甚广，极具权威，在我的封面上，印着"新华字典"的字样。

细细想来，虽然我看起来很枯燥，没有插图，没有幽默元素，但是我却满腹经纶，有不懂的时候，人们就会首先想到我，然后反复琢磨，细细品味，仔细推敲，感染力十足。我也越来越受到主人的钟爱，每天上学她都会带着我，我很珍惜与她在一起的每一段幸福时光。

在我结交的朋友中，他们性格各异，有漫画、人物传记、散文、诗歌、小说、报告文学、教科书等，应有尽有。一篇篇文章生动优美，语言清新质朴，蕴含的哲理意味深长，无一不深深地吸引着人们，足不出户就可以纵观世界，陶冶了情操，开阔了视野，增长了见识，愉悦了心情。

在喧嚣的白天读书，不被纷纷扰扰的快节奏生活打扰，恬静中索取一份安然，让心灵得到充实，虚怀若谷；在安静的夜晚读书，让心沉静下来，在宁静中释然，读累了手捧一本书，漫步在街道上，与星空作伴，与霓虹灯下长长的影子私语，欣赏城市的五彩斑斓；清晨在幽林中读书，看天边云朵飘逸，林间彩蝶飞舞，听鸟儿鸣唱；傍晚坐在河边读书，着一身轻装，伴鱼儿嬉戏，将阑珊心事诉与高山流水。无论何时何景，读书都会给你带来别样的享受。

古人常说："书中自有黄金屋，书中自有颜如玉。"悟出的就是要享受读书的乐趣，让我伴随人们的生活。人生就像一篇优美的乐章，似水潺潺，浅唱低吟，时而缱绻缠绵，时而汹涌澎湃，动听的旋律在耳边萦绕，感受着丝丝感动。而读书就像其中一个个生动的音符，把生命中的每个点滴幸福串联起来，演奏出曼妙的旋律，一脉人生的幽香深深地植入我们的心底，伴随着我们的成长，让生活绚丽多彩。

亲爱的朋友们，你们是不是已经依恋上我了呢？

写作的乐趣

周末，我放下家务，抽出了下午的时间专门去书店，静享一段独处的惬意时光。一卷诗意捧在掌心，陶醉在淡雅书香的气息里，梳理着一份淡然若水的心绪。

香咖，浓而不苦；美人，娇而不艳；墨香，从书中幽幽飞出。心灵深处自在的纯美，不需要别人的喝彩，自乐其中。品味着从容恬静的人生，春情如澜却不争春……

书是我半生以来不可分割的密友，而写作是我一生孜孜不倦的追求。我是一个内向文静、不善言谈的人，整日幽居在生活的角落。写作可以让封闭的情感打开心灵的一扇窗，让我更加地热爱生活，寻找快乐。

我酷爱文学，家里随处可见各种各样的书籍。记得在读大专时，我的同桌就很喜欢阅读，还经常投稿，曾获得过不少奖励。那时候，我时常借阅她的书籍，陶醉在作品之中，却从来没有想过自己也去试试，去感受一下文学的魅力。

参加工作以后，由于从事的是一些文职方面的工作，常常与文字打交道，于是，我又提起了手中的笔，开始有意无意地写上一小段，横竖撇捺、踏踏实实地书写自己的百味人生。业余时间，我喜欢看些报纸、杂志，如《读者》《意林》《小小说》等。这不仅提升了自己的阅读能力和知识面，而且让我从中学会了写作的技巧，增加了写作的欲望。

此外，我还留心观察工作、生活中的一些小事以及感想、心得都记下来，提高了自己的写作水平。这样每到投稿时，我就从中选出一篇加以整理。从此，投稿对我来说，不再是一件头疼的事，并且从中找到了一种乐趣，受益良多。

习惯了每天的敲敲打打，看着一个个字出现在电脑上，越积越多，渐渐成行、成页，禁不住地感到快乐。特别是灵感突至，顺手而下，转眼数行，洋洋洒洒，情绪高涨，信感兴奋和喜悦。

写作是需要灵感的。同事不经意间的一句话，目睹的某个感人瞬间，阅读文章时的灵光一闪，亲身体会的某个场景，这些都是我写作的源泉。无垠的遐思，缠绵的心事，从自己的笔端倾泻而出，漫洒在纸张之间，指尖轻轻划过，心情也随之豁然开朗。写出来的文字如一股清泉浸润了我的心田，再多的烦躁在缕缕墨香中也会渐渐疏散，悠悠怡然，文字跳跃在纸张上，身心在愉悦中慢慢地释放。

有的时候，思维却是枯竭的，为了某字某句某段，甚至全文，思来想去，斟酌半天，还是没有任何想法。有时甚至会把所有努力否定掉，从头再来。写作中有悲有喜，情感也融入了进去，俨然把自己变成了文章里的主人公。无论是穿梭在大街小巷，还是行走于旷野山川，都不愿忽略每一个感受。让笔随着心走，让心随着笔飞。我内心的幽思与激情，在文学写作中被点燃，把我心灵的遨游和驰骋，尽情地挥洒在文学写作中……

如今，我已经把写作当成了一个习惯，一种倾诉，一种乐趣。它可以让我尽情表达我的喜怒哀乐，描述日常生活的点滴和人生经历。它像一位忠实的听众，时刻欢迎我对它诉说心中的不愉或欣喜；又如我的知己，在我遇到困难时为我排忧解难，调节情绪，为我的生活不断增添色彩。写作虽然费神费力，但是却赚足了乐趣，只有醉心于写作的人，才能体会到个中的滋味。在空闲的时间写作，心灵能得到一份宁静，从此生活不再孤独，让我尽情地享受写作时的那份快意，这就是写作的乐趣。

因为在乎而喜欢

昨日心血来潮，在网络社交平台上发了一句小词："说了要忘记，何必再拾起？此情难追忆，黯然相别离。"朋友看到后，说此情此景正适合他，似乎是为他而作。他的心事我懂，源于十年前。

这是发生在 2003 年我身边的一个真实故事。那时我们在同一单位工作，正是血气方刚，青春年少时。他疯狂地喜欢上了同为从事财务工作的她，而她当时已有相处很久的恋人。男孩对女孩极好，把女孩说的每一句话都视如珍宝，对她更是小心翼翼地呵护着。虽然女孩对他也颇有好感，但不能伤害到自己深爱之人，所以只能把这份感情深深地埋藏于心底。

在我们这些旁观者看来，他们的关系有些暧昧。我那时从事汽车贷款客户档案管理工作，负责去银行报卷，和他一起出去的机会较多。他有时和我说说心事，那时的他伤心过、茫然过，心中的苦楚也只能自己默默承受。

一年后，我调到了唐山工作。相继那个女孩也因为财务岗位的关系，被指派到了外地分公司工作。两年后，我从男孩口中得知，女孩认了男孩的父母做干爸妈。我替他感到高兴，哪怕只是干姐弟，比同事或朋友的关系更近了一步，这样还能经常见面，彼此关心照顾，也是美事一桩。

十年后的今天，我才明白了男孩为何如此感伤。他告诉我：女孩早已从原公司辞职，在几年前就没有了女孩的任何消息。他托朋友、托关系四处查找，始终杳无音讯，特别想知道女孩的近况。我说帮忙找找看。我利用网络和朋友交际圈多次查找，甚至还查了女孩家的户口，得知户口已经迁走。但最终打听到了女孩爱人的手机号，可结果却令人诧异。女孩爱人说："我们很久没有联系了，不知道她在哪里。"也许这就意味着女孩现在生活得很不幸福。我把情况如实告知了他。男孩苦笑着，怆然涕下。

感动于他对这份感情的执着，感动于他对她的这份真挚的喜欢。有个在乎你的人在身边，是多么幸运和幸福，难道这就是所谓的"蓝颜知己"？不管是什么样的称谓，朋友也好，蓝颜也罢，都值得一辈子去珍惜。

因为在乎，总会想方设法地从侧面关注他的一切，包括他的生活和网上的踪迹，他说的每一句话都会留意，忍不住去关心、去帮助、去思念，无可救药的喜欢就这样埋藏在了心里，永远沉浸在自己编织的幸福的小世界里。

我觉得这样的感情就是：痛苦＞幸福、付出＞回报、珍惜＝拥有。

牵挂的幸福

最难以忘怀的是妈妈的身影。年少时，每天上学都伴随着妈妈的嘱咐和牵挂而行。尽管学校离家不是很远，但妈妈总是倚着房门，目送着我逐渐地远去，对我的背影恋恋不舍。那种深厚的母爱，陪伴我走过了十几个春秋。

随着年龄的增长，工作的需要，不得不离开家门，此时的妈妈更是放心不下。每次临走时，妈妈都要把家中所有好吃的食物塞满我的背包，装满沉甸甸的母爱，让我心中充满了无限的温暖与幸福。

如今身为人母的我，每天下班回到家，最期盼的就是三周岁女儿的喊声："妈妈，妈妈，我想妈妈！"短短稚嫩的一句话，足以消除我一天工作的劳累，我被女儿的那份依恋深深感动。我们彼此牵挂着，被满满的幸福包围着，勇敢地面对所有的挫折与坎坷，使自己变得坚韧不拔。

人的一生，总少不了那份幸福的牵挂。心中暗藏的那份默契与和谐常常会使对方感动。因为牵挂的存在，让亲人感到家庭的祥和，让朋友感到生活的舒心，让同事感到无言的信任。

独自一人的时候，也常常因为牵挂而沉浸在曾经过往的流年。打开一本陈旧的日记本，里面装载着我曾经的喜怒哀乐，藏在箱底的信纸也慢慢唤起我尘封的记忆，随着泛黄纸片翻动的节奏，娓娓道出了一段复杂的回忆和心情。总是感到一些惋惜，但得到更多的是曾经拥有过的快乐时光。回忆过去，不因孤独而彷徨，让曾经迷失的自己把未来的道路走得更加宽广；回忆过去，不因爱情而沮丧，让生活的快乐填满自己空寂的心房；回忆过去，不因挫折而退缩，让自己变得更加优雅从容和坚忍顽强。在我的记忆里，总是蕴藏着某种让我心动的味道，那是一种回味，是一种感悟，也是一种享受。

牵挂是一种幸福。那种发自内心的微笑从心底洋溢到脸上，无与伦比的快乐，被缕缕的牵挂久久萦绕，彼此间温暖着，就像一株常春藤，一直在我的生命中延绵……

小苑（七绝）

应好友邀约，去"小苑"做客。庭院内古朴典雅，春意渐浓，尤其是一株株翠竹高耸挺拔，藤萝葳蕤，清水环绕，让人顿感舒展愉悦，随笔写下小诗一首：

庭院春色渐阑珊，
清水萦纤两缠绵。

堂前秀竹昨复翠，

叶片相思寄君安。

助人惠己

爱默生说："人生最美丽的补偿之一，就是人们真诚地帮助别人之后，同时也帮助了自己。"

这是一个发生在我身上的真实的故事。2018 年 4 月 22 日上午，我和爱人开车去唐山市区的百货大楼购物，买了几件衣服共消费了八百多元，恰巧赶上商场举办的抽奖活动。活动规定在限定期限内购买指定商品，每累计消费五百元即可抽奖一次。

排队等着抽奖的间隙，爱人开玩笑地对我说："想要什么再买点，凑一千块钱的，抽两次奖才划算啊，万一得个金条今天咱就赚啦！""还花钱？啥也不买啦！"我挥动粉拳锤了一下他的胳膊，迅速摆出一副女人的小家子气来。

"我这里多消费了二百余元，不抽奖浪费了也怪可惜的，正好送给你们试试运气吧！"排在我前面的一位姐姐见我俩说笑，趁机说道。"谢谢！谢谢！"我把票据接过来连声表示感谢。心里想：还是助人为乐的好心人多啊！

轮到这位姐姐抽奖时，接待员左看右看，仔细核对了两次后，委婉地说道："不好意思，您购买的这些物品其中只有三百多元是指定商品，所以不能参加抽奖的。"我急忙把她之前给我的二百多元票据也拿给了接待员，接待员看过后摇了摇头表示：仍有一百多元不能参加抽奖。这位姐姐接过票据，左手把纸条托在手中，右手用计算器盘算，嘴上还喃喃自语着，脸上流露出一副惋惜的表情。我见状，连忙说道："姐姐，再把我消费多余的二百元票转送给你就行了嘛，这样咱俩就可各抽奖一次啦！"我轻轻地把票据递到了姐姐手里。她接过去后突然像个害羞的孩子，脸上泛起了红云，眼神里透着腼腆，向我投来感激的目光，我微笑着回应："甭客气啦！"

结果，我俩各抽到了三等奖——一张一百元的购物卡。事后，交谈间得知我们居然是老乡，真是缘分不浅呢！

"落红不是无情物，化作春泥更护花"，飘落的花儿并非无情，而是融入泥土化成肥料，哺育花儿使之再次绽放。古人云："勿以恶小而为之，勿以善小而不为"，善事虽小，但一定要认真去做，恶事虽小，却一件也不能去做。

树立正确的人生价值观，体验生活中的真善美，给予他人温暖，自己内心也会充满愉悦。有的时候，你发自善心的举手之劳，自己却能因此得到意外的收获。助人惠己所带来的快乐，就像一股清泉浸润我们的心田。

陆风与楚楚

（一）初邂逅

那一天阳光明媚，风和日丽，女孩儿楚楚在和伙伴们玩捉迷藏时，不经意间躲在了陆风的身后。"娉娉袅袅十三余，豆蔻梢头二月初。"有这么一个俏皮可爱的妙龄少女突然出现在了陆风的面前，他不禁怦然心动。情急之下，陆风就像自己的亲妹妹遇到了危险一样，挺身而出，尽量保护着她。此刻的楚楚，丝毫没有察觉陆风的举动，而是完全投入在了游戏里，像一个长着翅膀的小精灵时而跳跃，时而寸步不离地紧贴在陆风的身旁。

"我找到你啦！找到你啦！"其中一个小伙伴紧抓住楚楚的双手，兴奋地叫喊着，一起跑向了别处。"可惜我还没来得及问她叫什么名字……"望着楚楚渐行渐远的背影，陆风心里涌起了一股不舍的情愫，眼里流露出些许遗憾，心在这一刻，仿若丢失了一般。

女孩儿如蝶舞般曼妙轻盈的身姿，似夏花般明媚灿烂的笑容，她的一颦一蹙、一言一笑，都深深地印在了陆风的脑海里，久久挥之不去。初见时的悸动，蕴含着摄人心魄的美丽，而最初的萌动，似团火焰，燃起了陆风无限的思意。一池春水便开始在心中泛起层层涟漪，慢慢地弥漫散开……

（二）再相遇

陆风是 SUV 越野一族，喜欢户外运动，爱探险、旅游，只要一有闲暇时间就会出去参加各种展览活动、游玩。可是每次回来，心里就一阵莫名的伤感，感觉空荡荡的，每每想起那个倩影，就会勾起他的一段相思。

尽管陆风渴望着她的再次出现，可是过了好久她都没有再来。此时，你在哪里？是否像我曾无数次地梦见你一样梦见过我？我是否萦绕在你的心间？你是否在初遇的地方徘徊？你是否像我期盼着你的出现一样期盼着我？是否如同我的思念一样，才下眉头，却上心头？

此后，陆风每天依然用忙碌充实着自己的生活，以为自己快要忘记的时候，楚楚再一次出现了他的视野里。"这次我一定要迷住她！"陆风在心底暗暗发誓。随着楚楚越来越近的脚步声，陆风一颗激动的小心脏快要跳出来了！他急忙向楚楚打招呼："嗨，你好，还记得我吗？"楚楚开始觉得有些诧异，沉默了一会儿，随后欢喜地喊了一声："记得！"顿时，陆风难掩喜悦，突然间觉得自己好幸福！"但是我不知道你的名字……"陆风的心情有些失落，但却慢慢地说："我的名字叫陆风。"而后又小心翼翼地问道："小妹妹，可以告诉我你的名字吗？""我叫楚楚，楚楚动人的'楚楚'哦！我叫你大哥可以吗？"楚楚很有礼貌地回答。陆风喃喃道："可以下次再来玩的时候，可以过去找你吗？""当然可以！"就这样，几句寒暄过后，楚楚小跑着离开了。

即便是这样，陆风仍然觉得很开心，至少他们见了面，甚至还有了约定……

（三）梦中寻

夜里，唱机里传出熟悉的旋律在耳边萦绕，陆风凝望着窗外一弯冷月的清辉，埋在心底的惆怅油然而生。如若，注定我和你因此错过，我该在日后的匆匆忙忙中，记住你俏丽的容颜，以此来慰藉你离开后的寂寥。今夜，相思缠绵，今夜，我要枕着你的名字入眠……

梦里，陆风一遍遍想象着见过的这个聪明活泼的天使，她就像天边的一朵红云翩翩而至，那么轻盈妩媚。与她接触的一瞬间，就能强烈地感受到她身上散发出的一种妙不可言的温柔气息。

她身穿深红色打底衫，黑色紧身长裤，再搭配一浅蓝色短裤，用一支红绿相间的蝴蝶发卡束缚着乌黑的秀发，尽显公主时尚范儿。

她虽没有"巧笑倩兮，美目盼兮"娇艳俏丽的容貌，但绝对是娇小可人，端庄秀气。她一只手托腮凝眸，柳叶眉下那长长的睫毛忽闪忽闪的，一双水汪汪的眼睛笑起来像弯弯的月牙，如一泓高原的碧潭，清澈静谧，浅笑莞尔，黛眉弯出一份柔和暖意。秀挺的琼鼻，白皙的鹅蛋脸有些泛红，薄薄的嘴唇微微上扬，好像熟透的小樱桃，越发显得迷人。她另一只手叉腰，右腿自然地向前弯曲，身材苗条，婀娜多姿，不禁勾起"窈窕淑女，君子好逑"的遐思。

交谈间，她口齿伶俐，对答如流，兴起时还手舞足蹈，似有"巾帼不让须眉"的架势，逗得陆风哈哈大笑。陆风更紧密地依偎在楚楚的身旁，顷刻间一股幸福的暖流涌遍全身，觉得整个世界都沉浸在了明媚的春光之中。

清晨，一缕耀眼的光芒射入室内，陆风轻柔惺忪的双眼，多么不愿起身，为何惊扰了我的美梦？或许，我也可以在这样一个美好的清晨，踏着和煦的微风，将收集好的花间清露，带着我的丝丝牵念遥寄予你。

（四）又重逢

在楚楚的眼里，陆风就是她和蔼可亲的大哥。在陆风的眼里，楚楚就是他调皮可爱的小妹妹。陆风举止得体，风流倜傥，气质谦和，有坚毅的轮廓和刚直不阿的个性，如绅士般淡雅，不由得让人亲切和尊重。

楚楚选择了一个周末如约而至。陆风见到了楚楚，自然是欣喜若狂。期间他们相谈甚欢，最后拥抱而别。

陆风和楚楚之间的所有相遇，都是久别后的重逢。是重逢，又何尝不是如初见一般美好？所有的故事从一发生，我们就开始期待有一个完美的结局。一路上的等待、相逢和别离，有尘世间的落寞，也有激动着初遇时的欣喜，这些牵牵念念，都烙印在了灵魂的深处，就像唇边的那抹笑靥，将心中的柔情无限延长，一生一世地徜徉。

研山的风儿

研山，位于河北省滦州市。距滦州市新城东南 5.4 公里，坐落在滦河西岸。其山体为弯尺形，东西长约 1500 米，南北长约

1000米，海拔高度176.5米。此山南北走向，侧南窄北，东巅高耸，状如虎头；西坡渐低，形如虎腰；再向西又呈丰隆之势，恰如虎臀。据北南望，东巅前拱，西尾收束，极像一只昂首欲奔的斑斓猛虎。山下滦水龙翔，山头峰形虎踞，实乃滦州第一名胜。在东巅虎头之上，有一座唐代建的十三层玲珑宝塔，名叫文峰塔，也叫研山塔，1976年大地震该塔被震毁之后于2009年重建。研山塔早年就是"滦州八景"之一，驰名中外，今已重新屹立在研山之上。

我家住在研山西侧，约5公里的路程，骑车十几分钟就到。读小学时就在我们村里，直到考入中学后，我才常常去爬研山。放学后，我就经常和小伙伴到山上摘果子、采野菜回家喂兔子、捉蚂蚱留着喂小鸡，有时还跑进滦河里抓螃蟹、挖蛤蜊、捞鱼虾……短暂中学生活在无忧无虑中度过。

还记得那一年，我像莘莘学子一样踏上高考这座独木桥。从考场出来后，我的心里并不轻松，觉得忐忑不安。一个人默默地来到山上，闷坐山顶，低头无语。忽然，一阵清风掠过，吹散了我的长发，凌乱的头发遮住了我的双眼。我仰起脸，挽起发髻，抬眼望去，远处是一望无际的绿色田野，弯弯流淌的滦河宛如浅绿色的缎带装点着大地；还有那错落有致的村庄，小村的上空，炊烟袅袅，好像婀娜多姿的少女在尽情地舞蹈；山间的野花朵朵柔媚，阳光下熠熠生辉，纤芯散发的香溢，也给人一种极致美。好美的景色啊！我的心情豁然开朗，绷了一天的神经也彻底放松了。清风一波一波从我身边拂过，凉爽无比。眼前这么好的风景我平时怎么没有发现呢？细想了一下，我终于明白：许多美好的事物就在你身边，用心去感受，你会觉得生活本就是丰富多彩的。发现和珍惜身边美好的东西不正是人生中最平凡但也是最宝贵的吗？

高考录取结果出来了，我怀揣着录取通知书再次来到研山顶上，寻找着那缕清风。我在山顶转来转去，一直也没有找到。静坐山石上，微风竟然在我身边环绕呢喃。临近中午，一阵较大的风刮过来，山上的杨柳、松柏结伴拍手，好像是为我考上大学祝贺加油，山下翠绿的农作物随风连绵起伏，我真切地看见了碧海的绿色波涛……家乡的景色是如此的迷人啊！

大学报到的日子到了，我依依不舍地离开了家。微风轻轻地拉扯着我的衣衫，好像不愿我离开家乡。在陌生的城市里，在大学的课堂下，我时常想起家乡研山的风儿……

研山春天的风，是温暖的。春姑娘踏着轻盈的脚步缓缓地走来，风儿也忍耐不住寂寞，挽着春姑娘的手，结伴而来。春暖花开，万物复苏。风儿带着温柔的眼睛穿梭在山间，像极了母亲温暖的手拂过我的脸庞，轻声地问候，是否安好？风儿和我像是多年未见的老友，依偎在我的身旁，听我娓娓道来。风儿，你看，你唤醒了大地，温暖了人心，吹绿了原野。草儿从地底下探出了头，摇晃着脑袋打量着这个神奇的世界，遍地的野花绽开了笑脸，树木吐露新芽，爱美的大地也悄悄地换上了新装，凡是你走过的地方，一切都是那么的生机盎然。风儿兴奋地抱起我，我轻轻地闭上双眸，感受着此刻所带来的芳草清幽扑鼻渗透全身，是如此的令人沉醉。

研山夏天的风，是顽皮的。夏日里，我最喜欢和小伙伴们三五成群，吃完晚饭，爬上研山，并排躺在山顶上，面朝着浩瀚的天宇，互诉着一天的喜怒哀乐。顽皮的风儿总是在这时候蹦出来，一会儿撩起我的长发，一会儿摇摆我的裙子，伴随着热浪给我们带来徐徐清风，舒适而凉爽。风儿跑到山谷中，推醒了酷暑中困倦着的野花，翻起了夜行的衣襟，戏弄着山间的树叶，就连滦河岸边的杨柳也不放过，风儿使劲儿地挥动着双臂，弄得树枝乱成一团，没了风情万种的身姿，倒映在水中，翠绿的颜色顿时变成了金黄色，羞地蒙起了脸。河里的蛙声大作，知了不停地鸣叫，远处村落中的狗吠声隐约也能听见，仿佛都在奉劝风儿：别淘气啦，快歇歇吧！

研山秋天的风，是迷人的。秋风送爽，是个收获的季节。站在山顶，举目远眺，一派丰收迷人的景象。一阵风吹来，林间叶子微微摇晃，发出哗啦啦的响声，好像也在为收获鼓掌。山间野菊也不甘示弱，黄的、红的、绿的、白的、紫的，一朵朵，一簇簇，迎着风儿，争奇斗艳，吐露芬芳，开遍山野。田间，硕果累累，五谷飘香，农民们笑得合不拢嘴，哼着小曲，辛勤地劳作着。棉花朵朵白，大豆粒粒饱，谷子颗颗黄，玉米咧开了嘴，高粱羞红了脸，稻子笑弯了腰。还有那广阔的麦田，正迎风起舞，要涌起金色的浪涛……

研山冬天的风，是柔和的。冬天的风儿来了，让研山袒露了脊梁，给树木褪去了绿衣，让滦河静止了思想。风儿还是禁不住严冬的酷寒，冻得瑟瑟发抖，于是裹紧了衣裳，把自己捆成了一团，环绕在山间。下雪了，整座山白压压的一片。风儿好奇，看着这满目的银色世界，似乎换了个心境，卷起雪花，漫天飞舞，就像童话世界里的白雪公主穿着银白色的衣服舞动着轻盈的身姿，迷醉了白马王子。白皑皑的雪把眼前的树木包裹起来，像是给树披上了洁白的斗篷。满地的白雪在阳光的照耀下，闪闪发光，似晶莹透亮的珍珠，在风儿的吹动下更显得耀眼夺目。研山的风儿再也没有了冰凉刺骨，而是变得柔和自然，把自己置身在这冰天雪地里，开阔了心胸，净化了心灵。

研山的风儿，我爱你！你承载了我对家乡满满的思念和浓浓的痴情！

心花四季香

有一种感觉叫作妙不可言
有一种邂逅叫作不期而遇
拾一枚桃花的韵致
与春风相拥红了娇靥
许下安暖
植于心间
传送着真情无限

有一种默契叫作心有灵犀
有一种缘分叫作缘来是你
寻一池荷花的风情
与夏雨相亲绿了裙衫
敞开心底
悄然绽放
传递着永恒的情谊

有一种眷恋叫作一往情深
有一种记忆叫作刻骨铭心
赏一株菊花的淡然

与秋霜相依黄了青丝
千姿百态
洒脱娴静
感受着浓浓的乡音

有一种守候叫作有你相伴
有一种幸福叫作长久缠绵
枕一片梅花的暗香
与冬雪相爱白了容颜
隽永如斯
轻轻入梦
守护着爱情的永远

（本文以四季花开的别韵风姿为切入点，从感情的相遇、相知、相守、相爱的段落展开，寄托着作者对真情、友情、亲情、爱情等的向往和留恋。）

第二辑
夏 思

我是满天星。

我有着活泼可爱的个性；

我有着真诚朴实的品行；

原野里有我倔强的身影；

我有着特别细腻的柔情。

——《满天星语》

夏 思

当第一缕阳光拥吻着晨曦冲破地平线，我正漫步在淡雾笼罩下大海的岸边。旅途的疲惫，加上昨夜里大海那阵阵涛声变成了独特的催眠曲，让我快速地进入了梦乡。清晨四点多，被楼上楼下的嘈杂声惊醒。人们相互招呼着："快去海边观日出、看潮汐！"我急忙起身，草草洗漱，冲出旅店，向海边奔去。

晨曦中的大海神秘、寂静。海水缓缓流动，偶尔卷起一片浪花，我猜想一定是美人鱼在梦中翻了个身，又沉沉睡去。突然有人喊道："快看，太阳要出来了！"抬眼望去：只见一个"橘子"从海平线的尽头跳出来。"橘子"越来越大，眨眼间变成了太阳。人们纷纷拍照，有的将太阳"托"在手心，有的用拇指和食指"掐"住太阳，欢声笑语飞向空中，我却是静静地观赏着。太阳将光芒泼向大海，裹着海雾，挽着海水，把海面涂抹成一幅烟波浩渺、意境极美的图画。极目眺望，海天一色，致臻的美景，让人神游天外。

金色的光芒散射在波光粼粼的海面上。眼前的海面竟然发生了奇特的现象：原本平静的海水，在阳光的抚摸下，仿佛突然从睡梦中苏醒，伸完懒腰，就急不可耐地挥舞着双手向着太阳呼唤，须臾又用少女般热烈的眼神望着太阳，散发出青春的气息，倾诉着对太阳的爱慕。阳光似乎感受到了大海的热烈与柔情，摇曳着万丈光芒，透过薄纱似的缥缈的云层，柔和地倾泻下来，注进万顷碧波，将爱意倾洒。海水感受到了阳光的情意，平静的海面瞬间波光涟漪，绚烂多姿。海水卷起一朵朵洁白的浪花欢快地奔跑着，仿佛要把这个好消息传递到天地间每个角落。海水越跑越兴奋，越来越高涨，忽然张开庞大的双臂，进而又是一阵声雷鸣般的呐喊，震天动地，霎时间便翻滚起层层巨浪，潮峰耸起，飞跃到最高的一瞬间便凌空开放，晶莹的浪花飞溅，犹如千军万马奔腾呼啸涌来，美艳而又壮观。

阳光害羞地将泛红的脸庞转向一侧，在扭捏中躲进一朵淡淡的云层里，用余光悄悄凝视着大海。大海也掩饰着内心的澎湃，稍稍收敛了一丝热情，恋恋不舍地慢慢退去，安寂下来，偶尔偷偷扬起身姿随时准备和太阳深情相拥。不知怎的，我的眼眶里竟然湿润起来，心中涌起一种莫名的冲动：回味着近几年来的情感历程，如同这眼前的潮汐。恍惚间，我自己是那温柔的海水，期待着与痴情的太阳永久拥抱，不再分开。潮汐退了！三五成群的人们开始聚集在沙滩上，感受着退潮后大海的凉爽和惬意。

袭一身梦幻风情的长裙，光着脚丫信步沙滩，聆听海浪拍打的声音。我乌黑及腰的长发任由海风肆意吹拂，俏皮的浪花不间歇地抻拽着我的裙角。自由舒展，心旷神怡。沙滩被海浪拍打得光滑又纤细，踩上去软软的，犹如在云中漫步。回眸间，身后留下一串串脚印，忘记了自己是来看海，倒像是穿越了时空，心儿随着拂过的海风飞向远方，飞进那还来不及清醒的梦中；深深浅浅的印痕，好似谁在轻声低喃，盈盈脉脉地点缀在斑驳的记忆深处。泛起的浪花，一次又一次调皮地扑上来，涌到我的足踝下来捉弄我，当我想要抓住它的时候，它却淘气地跑开。眺望远处，大海又呈现了澄莹的蓝灰色，仿佛诗人忧郁的瞳仁，海浪的起伏声在耳旁鸣响，思绪也随之飘向远方。我迷恋夏日郁郁葱葱的绿意，我留恋夏日仙气飘逸的长裙，我依恋夏日糖果色的活力浪漫!

沙滩上，形状各异、五彩缤纷的贝壳、海星、海螺、螃蟹、小鱼，还有大大小小、形态各异的石头，黑的像玳瑁，白的似珍珠，红的像玛瑙，绿的似翡翠。此情此景，嘴角微微上扬出最美的弧度，浅浅微笑，感受心情升华的绚烂，丝丝温暖萦绕在心头，刹那间眼前浮现翩然而逝的童年。童年的生活无忧无虑，童年的无忌快乐悠扬，童年的遐想简单有趣，童年的友谊终生难忘……然而童年的时光在我们的眼前一闪而过，给人留下无法抹掉的惆怅。时光的斑斓宛如一只蹁跹起舞的蝴蝶，轻轻地扇动着俏丽的翅膀，时而盘旋，时而低掠，时而拍扑翼翅上下翻飞，时而停在花蕊中亲吻，勾勒出徜徉在心底的那份纯真。

太阳慢慢升起，但它的眼睛始终没有离开大海。当它斜斜地挂在高空的时候，忘掉羞涩，不再扭捏，爱意的光芒从最初的温和变得越来越炙热，把全部的光和热毫不吝惜地献给了大海。海水很爽快地接受了太阳的厚爱，把所有的阳光都披在身上向着岸上的人们炫耀。可能被太阳的炙爱弄得有些眩昏，她不时地扬起柔美的浪花，用她独特的舞姿回应着太阳。海水在害羞和愉悦中体温越来越高，身上的热汗变成了丝丝水汽。人们竞相扑进海里，和海水开心嬉闹，帮海水掩饰着局促不安。微风轻拂我的秀发，海水轻吻我的纤足，我深深地被眼前的情景感染了。在潜意识里，总觉得我心中所思之人在此刻已经变成了微风和海水。啊，感染了多情缤纷的盛夏！胸臆里骤然升起一团烈火，一扫往日的温婉含蓄，急忙与爱慕着的骄阳私会，热情相拥，点燃了可歌可载的浪漫序曲，将一份淡雅浅愁的情怀融入了夏日的思绪里。

我喜欢大海深邃清澈的纯净，我向往大海博大无私的胸怀，我敬佩大海包容豪迈的大爱。大海让我迷恋，大海惹人遐思，在酷热又多情的夏日里，大海将我的烦躁和愁绪一一抚平，舒畅的愉悦和甜甜的爱意在心底弥漫开来……

　　人生之路就如这潮汐般起起落落，生活中的磕磕绊绊，也如同人生经历了一个个风雨的磨砺，承受得了磨难，忍受得了孤独，见证着一步步奋斗的历程。当潮汐来侵时，大海好像一位狂野的少年，一如拼搏中的我们，经受着海浪的拍击和考验，即便是有被巨浪吞噬的危险，依旧奋勇向前；当潮汐退去时，大海恰似一位娇羞的女子，一如平淡后的我们，伴随着海水的冲刷和泥泞，即便是面临着骤来的不测风云，一样积极乐观；当潮汐平静时，大海宛如一位慈祥的母亲，一如洗礼后的我们，闪烁着贝壳的晶莹和绚丽，即便是担忧着随时的流离或抛弃，同样豁达坦然地面对人生。

牵手夏天

在流火炽热的夏天
带着对秋的无限思念
把情思寄托给冬的凌寒
敞开胸怀拥抱春的呼唤

在清朗的白天
在寂静的夜晚
我要永远永远

与你牵手并肩

不论四季如何更换
不管时空怎样流转
不言下次再见
不说相见恨晚

暖阳倾城光耀璀璨
任凭风雨日月变幻
相知相惜浅诉流年
未来世界从容向前

心随绿意飞

　　立夏以来，连续几次与一位相识十几年的好友相约，想利用一次午餐时间，面对面地进行一次文学创作方面的交流，但因彼此工作的繁忙，屡屡未能赴约，心中难免有些淡淡的郁闷。

　　今天是周末。清晨，我走出家门，信步来到附近的公园。湖水清澈，碧波微澜，仿佛璀璨的星河闪着粼粼波光。湖水时而扬起身姿左右眺望，深情凝视着岸边的花草；时而颔首向我轻轻点头，以示真诚地迎迓。行走在木板铺成的小路上，听潺潺流水的轻吟，观鱼戏青莲的那一尾波动，蛙叫蝉鸣此起彼伏。此处所勾勒的清韵别致，呼唤着我久违了的纯真情愫，荡涤着我心头的尘杂，特有的清幽与静雅让人流连忘返。

环顾岸上，一抹清新、明亮、葱茏的绿意，簇拥着几丛花儿，倏然闯入我的眼帘，驻足，享受片刻的宁静。一阵清风拂过，淡雅的馨香扑鼻而来，沁人心脾，浸入身体的每一寸肌肤。蓦地，在绿叶的缝隙里，看见还有些许露珠柔柔地挂在稚嫩湿滑的枝叶上，我禁不住俯下身去吮吸着绿色的琼浆，醉了心房。看，林间的绿草如茵；看，百花的争奇斗艳；看，蜂蝶的翩翩起舞，让此刻的美丽映亮了我的眼眸，露出浅浅如花的笑靥，任凭放逐的心情游弋。

太阳渐渐升高了，在朝霞的簇拥下，将光波撒向原野，满世界都是太阳的笑脸。眼前的这一抹绿意，扭动身躯，迎着阳光起舞，跳跃的弧线，优美而洒脱，带着盎然的姿态，向着我涌过来了，涌过来了。心中那些淡淡的郁闷，不知不觉地飞走了。

漫漫人生路，悠悠仕子心。人生，如同这些绿叶，从青涩之葱郁，到年华之苍翠，生命中的绿意，蕴含了无限生机，永不凋零。徜徉在绿意之中，呼吸着天然氧气，烦恼全无，身心愉悦，对未来充满了自信！

满天星语

我是满天星。

我盛开时呈伞花状，白色的花瓣，有如繁星点点，挂满天边。

很少有人关注我。

我是一株平凡的野花。

我是满天星。

我虽然默默无闻，但有着活泼可爱的个性。

我颜色单调，素面朝天，与野草为伴，虽不生长在受人滋养的花圃中，但凡有泥土的地方，就有我娇小的身影。

我在那高高的山岗上，团团簇簇，接连成片，竞相开放，就像天边的云彩开遍满坡。

我在那奔流不息的小河岸边，与石子嬉戏，与蜻蜓打闹，与风儿追逐，倾听着溪水叮咚的小曲，享受着它的滋润和洗礼。

我在那广阔的草原上，我虽不起眼，但积极向上，沐浴着温暖的阳光，远远望去，像一把把燃烧的火苗，斑斑驳驳，照亮了原野。

我是满天星。

我尽管弱质纤纤，但有着真诚朴实的品行。

虽然没有牡丹的雍容华贵，没有莲花的圣洁清净，也没有水仙的婀娜多姿，更没有玫瑰的娇艳欲滴，但我独有一份淡淡的清雅。

我不求同情，不求呵护，朴朴实实、岁岁年年，自由自在地恣意活出自己的精彩，为点缀大地付出我的全部真诚。

为了我深爱的世界，愿意贡献自己的青春年华。

我是满天星。

我天生一副傲骨，原野里有我倔强的身影。

即使被人们任意采摘，即使被牲畜随意践踏，即使长在废墟里，依然凭着顽强的生命力茁壮生长。

我敢于和暴风雨搏斗，不畏雷电，不怕弯曲，跌倒了再爬起。

我敢于和岩石抗衡，在没有阳光、没有泥土的夹缝中生存。

即使生命短暂，也甘愿在有限的生命里为大地增添一抹靓丽的光彩。

用我的花朵来美化环境，用我的枝叶化作肥料，等生命殆尽，用我的身躯做成养料供给大地，绽放自己生命的魅力。

我是满天星。

我虽然平平常常，但有着特别细腻的柔情。

我喜欢将一颗纯净的心灵栖息在某一处港湾。

大自然赋予我生命。

我栉风沐雨，努力生长，以最好的姿态来装点世界。

阳光雨露滋润了我的心田。

我保持着宁静的本真。

我在恶劣环境中磨炼，充满自信，从容面对未知的世界。

蓝天里、高山上、草原中都散发着我的柔情，生生不息，追求永恒。

亲爱的朋友，

让我陪着你去体会无际的广阔，

让我陪着你去领略雄伟的深邃，

让我陪着你去感受碧绿的辽远，

让我陪着你去迎接美好的未来……

我是满天星。

我无名，因为我是一株平凡的野花。

我有名，我是傲立在自然界里的满天星！

冰激凌恋上巧克力

　　"人生何处不相逢。"相逢即是缘分。巧克力和冰激凌在同一个朋友举办的生日派对上邂逅。

　　有一天，冰激凌对巧克力产生了朦朦胧胧的感觉，她试图要一点点接近巧克力。冰激凌到了谈恋爱的年纪。她像所有女孩儿一样羞怯，只能远远地偷望着巧克力，不敢正眼相看。她觉得巧克力帅气十足，热情实在，阳光的气质中透露着几分沉稳。但冰激凌心里有些忐忑，想对巧克力表明心迹，却怕受到伤害。

　　终于，冰激凌无法耐住心中的寂寞和想念，抓住了一次聚会的契机，悄悄地塞给了巧克力一张纸条，希望巧克力能够读懂她的心。

　　然而巧克力给了冰激凌一个答案："咱俩还太小，现在谈恋爱有点早。"这个结果出乎自己的意料，冰激凌黯然伤神，泪落潸潸，为此难过了好一阵子。冰激凌懵懂的初恋情愫，实则是单恋，就这样被巧克力轻描淡写地拒绝了。冰激凌只好把这份茫然又充满淡淡苦涩的感情，深埋在了心底。

　　三年后，巧克力和冰激凌又一次在朋友聚会中遇见了。他们彼此诉说着各自的工作和生活。冰激凌在巧克力面前没有了从前的羞涩，而是显得落落大方，不拘形迹。

　　相遇之后，巧克力和冰激凌的感情发生了微妙的变化。巧克力鼓起勇气，主动约了冰激凌。冰激凌不知所措，百般滋味涌上心头。

巧克力深情地望着冰激凌的两弯明眸，温柔地说："当年我错过了你，其实在我的心中还一直有你的影子，希望今后我俩能相互陪伴，我只想和你在一起。"

冰激凌心里尽管暗自高兴，却还有些担忧，略带疑惑地看了眼巧克力，低声答道："那时候我还曾怨过你……"冰激凌停顿了一下，神情有点紧张，似是犹豫，又似不忍，还是接着说了下去，"我后来才知道的，当年你拒绝我，是因为你喜欢的是我的闺密雪糕吧？她好在哪里？你们俩为何没在一起？"

巧克力神色略显尴尬，但很快又恢复了。唇角轻勾，笑意浅浅，答道："雪糕不仅有娟秀的颜值，而且直爽清凉。和雪糕相处一段时间，觉得她并不是真心喜欢我。当心静下来时，我才清楚地知道冰激凌柔软甜美的味道是我的最爱。我要和你在一起。"

冰激凌用余光扫了一眼巧克力温润如玉的脸庞，随即脸颊有些微烫，点了点头，答应了巧克力的示爱，因为她始终没有停止过对巧克力的思念。冰激凌融入了巧克力的世界里。

冰激凌倚靠在巧克力的身旁，香浓的爱意沉浸在巧克力的丝滑里。冰激凌脸上洋溢着熠熠的光彩，全身散发着愉悦的气息，愈发美丽。巧克力也不再落寞，让这份爱恋更加幸福甜蜜。巧克力想，爱情的力量真是伟大呀。

随着时间的推移，生活环境的变化，巧克力和冰激凌相处久了，少了热恋时的耐心和细心。而记忆最是难忘，如青涩的初恋，是难以抹去的伤触。巧克力偶尔会发呆，心思摇摆不定，时常会想起雪糕。冰激凌把一切看在眼里，但从未说破。这种委屈和苦闷在冰激凌的心里越来越多。冰激凌内心宽慰自己：生活理应就是如此吧，慢慢地一切会好的。

冰激凌变得不再像往常那样爱说爱笑。巧克力觉察到了冰激

雨竹

凌细微的变化，冰激凌对他似乎也不像以前那么热情和体贴了。巧克力的心里变得异常矛盾：我们这是怎么了？由生疏变熟悉，又由熟悉到陌生，难道这是失去的滋味吗？我心里的确还没有忘记雪糕，是不是要告诉冰激凌？她会不会更生气？她会不会埋怨我？……还是不说为好吧。就这样，巧克力和冰激凌的感情在相处中多了误会，少了信任，多了猜疑，少了沟通，潜移默化中变淡了。

　　冰激凌轻轻地将自己爱情的小门关闭，随即泪如雨下。因为她的心犹如刀绞一般，真的好痛，好痛。她擦干眼泪，告诉自己：爱过就不后悔。冰激凌默默地离开了巧克力。

　　此时，巧克力懊悔不已：冰激凌善良温婉，清新细腻。与她一起度过的时光是那么快乐，那么值得回忆！冰激凌早已占据了他的整个心房，处处都有冰激凌的痕迹。到此时，他才知道，他是多么地爱着冰激凌。

　　可是，可是……

风中飘逸的长裙

浅夏已悄悄来临，不经意地转身，便与那一抹绿意撞了个满怀。凝眸仰望，寻觅那抹澄澈通透的幽绿，或是一株绿植，或是绿荫的草坪，或是丛林茂密的枝叶，令人心旷神怡，激起内心的柔软，牵引出淡淡的遐思。绿意盎然，极富生命力，总能让人内心宁静愉悦，就像有一种不可抗拒的魔力，清亮的眼眸里闪烁着说不尽的欢喜。

想象着时光中别样的女子，或明净素雅，轻语浅笑，或红唇明艳，妩媚动人。粉嫩的脸蛋，婀娜的身姿，纤细的蛮腰，及腰的长发，透薄的轻纱，犹如月宫中嫦娥静立于花前月下，守候着岁月如初的静好。思绪回转，一次回眸，两行清泪，把相思尽染……

忽然，从远处走来两个身材高挑的女子，着一袭长裙，那让人难忘的惊鸿一瞥，惊艳了岁月，温暖了时光，让我惊叹不已。有词曰："玉臂长裙悠袅袅，约到黄昏，直到深更悄……"说的就是这萦萦绕绕，妙曼婉约的样子吧。

一个性感，一个清新。

性感的，身着黑裙，微红的脸庞上，那一对清亮的眼睛左顾右盼，让人魂不守舍；恰到好处的身长，窈窕诱人的曲线；椭圆形的领口略微敞开，女性那迷人粉嫩的锁骨一览无余，宛如娇滴滴的红莲亭亭玉立，美艳不可方物；微风偶尔飘过来，开衩下白皙的长腿若隐若现，摇曳生姿；脚踩一双别致的浅白色高跟鞋，传达出不尽的妖媚。我相信：男人们见到这样的女子一定会浮想联翩，让人不由得心生期待：与这样的迷人女子幽会，会不会一如电影故事里奢华舞会上艳遇一样的情节呢？

清新的，穿着绿裙，或许她不是那种让你一见倾心的女子，却流露出一种温婉娴静的气质，很是耐看。真正的美女也许必须要经历更多时间的磨炼吧？只见她踏着夏风款款而来，长裙的灵动使人更显淑女风情，肩上黑色菱格链条包包的加入，又多了几分时尚的高贵女人味，烘托出的魅力足以动人心魄。再搭一双运动鞋，简单随意的舒适感，不浮华的精致美，完美展现潮流气息，一身绿意更是为炎炎夏日带来了阵阵清凉和惬意。

一直欣赏着这样的女子：知书达理不矫作，聪慧内敛不孤傲，优雅风趣兼柔美。但最美不过于这些身着长裙的女子。即使孤芳自赏，内心落寞，是女人都难逃女人味的浪漫缱绻。绚丽多姿的长裙展露着女人的风情万种，轻若飞羽，灿若霞光，把女人演绎成一幅幅巧夺天工的写意画。"坐时衣带萦纤草，行即裙裾扫落梅。"诗人孟浩然也曾将长裙描绘得曼妙无比。薄如羽翼的裙装，微风乍起，风儿调皮地撩动着裙角飞扬，总觉得这才能体现出静若清池、动如涟漪的女人味，飘动的发丝，纷飞的思绪，水中的倩影，舞动了这一季的翩然。

我喜欢做一个安静淡雅的女子。清浅恬淡的时光中，懒散地窝在沙发的一角，遨游在书的海洋里。倾听着每章每段每句每字的故事，跟着作者的节奏去品味书中的酸甜苦辣，汲取源源不断的知识琼浆，心灵在潜移默化中慢慢地得到了净化、升华。

我喜欢做一个文静如水的女子。如云流水的日子里，沉溺在自己的文字世界，脑海里萦绕着只言片语。感受着春风拂面的温婉，聆听着夏雨滴答的轻吟，欣赏着秋雾氤氲的美妙，亲吻着冬雪晶莹的纯净。思绪起伏，在纤笔下勾勒出一幅色彩绚丽、意境优美的风景图画。

　　我喜欢长发飘飘，身穿长裙，只愿与你快乐前行。和你携手走过如歌的岁月，踏着曼妙悠扬的节拍，握住手心的暖，珍爱身边的情。每一个姿态只为你一次优雅的转身，每一季绽放只为你一朵花开的旖旎。将浓浓的情意延长，一抹馨香芬芳在成长的道路上，溢满你我的心房。"盈盈一水间，脉脉不得语。"浅浅地喜欢，远远地观望，惺惺相惜，任思念在心底滋生、蔓延……

古城新韵

——滦州古城小记

在绚丽的色彩里徜徉
亲近记忆中的画栋雕梁
美轮美奂的诗意景象
仿佛穿越了千年的时光

漫步在幽幽的小街路上
抚摸着精雕细琢的门窗
轻叩斑驳的青砖高墙
历史变迁的声音在耳边回响

丝带一般的小河蜿蜒流淌
金乌悠闲地躺在水面上
阳光辉映着岸边的古城老巷
是我一生魂牵梦萦的地方

你一袭翠羽青衫飘着清香
袅袅款款走向我的身旁
婀娜的背影和娇羞的模样
顾盼生辉让人时而回头窥望

修葺后的古城换上新装
碧瓦琉璃尽显古韵悠长
丝竹管弦声声灵动悠扬
美味珍馐让人垂涎向往

剪不断的情愫徘徊在胸膛
化成对你无限的牵挂与遐想
散发出独特的爱的芬芳
让心灵自由自在地飞翔

喜峰口自驾游记

2009 年 4 月 25 日，唐山名爵俱乐部举行"迁西喜峰口自驾游"活动，有 60 多名客户共同感受河北省唐山市迁西喜峰口景区浓浓的自然风情。

清晨 7 点整，16 辆名爵汽车早早地就来到唐山名爵 4S 店前，整装待发。7 点 30 分，随着一连串清脆的喇叭声，名爵车友开着各自的爱车，向首站目的地——喜峰口旅游景区出发了。浩浩荡荡的车队成了一道靓丽的风景线。

9 时 30 分，车队开始行走上盘山路。群峰耸立，山间风光不时地从身旁掠过；天空蓝得晶莹剔透，朵朵白云浮雕一样镶嵌在一片纯净的蓝天上；远处的山峦连绵不断，全被绿色覆盖，满眼青翠欲滴；空气里弥漫着花草香，沁人心扉；一路上，我的心被深深地感染着。这里山高路陡、坡长道弯，有很多来来往往的轿车每当行驶到这里都略显吃力，总得使劲儿猛轰油门才能往上冲。但是，我们的车轻而易举地就越过这些"障碍"。车队缓缓地向前行驶中，当到半山腰时却被几辆"蹒跚"的小车挡住了去路。"啊，这可怎么办？在这样难走的山路上超它，不可能超得过去呀，真不知道何时才能到达目的地了！"车队中有位司机不禁担心地喊叫起来。正在大家犯愁的时刻，谁知领队很轻松地就超越了前车。大家的脸上都流露出喜悦的光芒。紧接着后面的多辆 MG 车也不甘示弱，纷纷一脚油门顺利超车，保持了完整的队形。经过两个多小时的车程，我们顺利到达中国著名的板栗之乡——迁西。

到达目的地，大家在讲解员的引领下，观看了博物馆展览的革命资料和图片。车友们在认真听着解说的同时，有的用笔记录下革命先烈的英雄事迹，有的用照相机拍下先烈们的音容和先烈们留给后人的遗物。

下午 2 时，我们走进喜峰雄关大刀园景区。喜峰雄关大刀园为省级爱国主义教育基地。

在这里，名爵店经理还将自己收藏多年的军刀、钢盔、军号捐赠给了喜峰雄关大刀园。在捐赠仪式上，喜峰口开发有限公司经理接过了这些历史的见证物，迁西电视台进行了全程跟踪采访。名爵店经理的爱国主义精神，让在现场的人们感动地欢呼鼓起掌来。同时还向人民英雄纪念碑敬献了花篮，深切缅怀革命先烈。讲解员介绍了许多英雄烈士的伟大事迹。这虽然仅仅是一场仪式，然而所显现出的重要意义，却让人感动，值得永远铭记。回顾过去，重温历史，不忘先烈，激发了我们的革命热情，增强了我们工作的信心。

仪式结束后车友们纷纷表示，这是一次很好的精神洗礼，今后一定要以缅怀先烈丰功伟绩，弘扬先烈革命精神为动力，努力学习和工作，成为一个对社会有用的人。

随后，大家又参观了大刀壮士雕塑、大刀礼赞、钢铁长城、大刀林墓等景点。由于时间有限，历时十年的引滦河水入津工程横切长城和喜峰口、潘家口两座雄关，镶入一潭碧波，从而形成万里长城一处绝景——水下长城以及潘家口水库等景点无法浏览，真是遗憾啊。

在参观之后，大多数车友还参加了真人 CS 对抗游戏，直到下午 5 点 30 分活动结束，车队要返回时，大家还意犹未尽，都沉浸在刚才的游戏当中。经过一天的相处，我们都有些依依不舍。"我希望今后唐山名爵 4S 店能多举行一些这样的活动，给爱车的朋友们搭建一个结交车友和沟通交流的平台。"MG3 车主刘先生说出了大家共同的心声。名爵店工作人员爽快地回答："当然，自驾游活动也是一种提升品牌形象的方式。今后，唐山MG 名爵俱乐部将会应车友的要求，在节假日开展自驾游活动，为车主搭建平台，提供增值、更好、更高的服务。"

风雨十年

十年的成长

十年的磨砺和成长
不忘记最初的理想
用岁月刻画着年轮的故事
让记忆在感动中徜徉

十年的坚持和倔强
每一次的斗志昂扬
用奋斗抒展着人生的情怀
让梦想在希冀中飞翔

十年的不懈和图强
历久弥新奋发向上
用感恩铸造着骄人的业绩
让生命在拼搏中绽放

十年的忠诚和护航
践行着信仰的力量
用青春谱写着奉献的诗篇
让未来在前行中闪光

十年的记忆

——2018年6月写给挚友

十年前的夏天
与他相识在飞驰的火车上
礼节性话语从耳边飞走
只记住了他那睿智坚定的目光
他的言谈举止
淡定温和从容大方
几句关于人生的谈论
悄悄地印在了我的心房

起初的三年五载
只是彼此寒暄问短不问长
然而在以后的日子里
他的耐心讲解和指点
为我的文学梦想燃起希望之光

暮去朝来星霜荏苒
与他诚挚交流切磋文章
畅谈人生美好的理想

十年的风雨兼程
他伴我向着阳光的方向
十年的文学之路
他见证了我的一步步成长
十年的往来信笺
把我们纯真的友情静静延长
十年不变的情怀
坚守永恒是我们共同的愿望

他说未来的世界令人十分期待
我说未来的世界令人十分向往
他说人生的路途曲折而且漫长
我说人生的路途还有鲜花阳光
两人相视而笑心中雪亮
知道还有若干个十年
日子还长
还长
还长……

竹的心事

　　微风徐徐，柔柔地吹拂竹林。风儿在竹林里悠悠漫步，与竹共吟，轻响沙沙。依稀间，一首优美的旋律轻轻敲打人的耳膜，一片清雅的图画愉悦着人的双眸；一抹浅浅的笑靥伴随着天籁之音慢慢绽放开来；一圈若隐若现的轻雾和弧光将竹林淡淡地围绕。

　　阳光俯冲下来，在枝叶间的每条缝隙，悠闲地闪耀。金色的丝线，如同一张张纱帐，将整片竹林披上了蝉翼般的外衣。风儿拂动，一股淡雅的竹香飘来，心儿也不由自主地葱郁起来，思绪随着多姿的竹影摇曳。不知多少个日夜，让人心动神摇，肆意荡漾，与竹悄悄低语……

　　竹林幽幽。心事幽幽。一声熟悉的轻唤："你在哪里？你还好吗？"一声清脆的回答："我很好呀，我在这儿！"四望无人，只是风儿和竹林。是呼唤了自己？还是？落在最心底的心事浮上心头，那个温暖而宽润的名字在喉咙间滚动，却又无声地逃回心海；那个最初让我目光追逐的身影，在眼前模糊着，清晰着。往事翠绿，翠绿欲滴，每滴都是过往里的泪水。绿是大境界，一定经过雨水的洗礼。

　　风，轻轻地问着竹："六年前的严冬，正是雨水少的时候，你拖着残破的身躯来到这里扎根。如今的你清新盎然、生机勃勃，你是如何熬过了这漫长又寂寞的岁月呢？"

竹，脸上露出淡淡的笑容，缓缓地答道："我用了四年的时间，仅仅长了三厘米。从第五年开始，以每天三十厘米的速度疯狂地生长，仅仅用了六周的时间，就长到了十五米。其实，在前面的四年，我将根在土壤里延伸了数百平方米。"

竹又对风说道："多年来，为了能够在这里扎根，我付出了千百次的努力。经受了风霜雨雪的抽打与折磨，顽强地生长，四季常青。我的身躯永远坚挺着，就是为了不让竹叶落下来。清风曾经诱惑她，狂风也曾恐吓她，但是，竹叶都不为之所动，仍然紧紧依附在我的身上。竹叶说，到死也要保留她原有的风貌，即便是死也要壮烈地死。"竹对风说完，坚定的目光里噙着泪水……

竹默想着：我要继续保持自己清雅细腻，谦逊朴实的品格；继续保持厚积薄发，坚韧不拔的气节；继续保持充满朝气，甘于奉献的风骨；继续保持坚贞刚正，高风亮节的精神。想到此处，竹高兴地又扭动起窈窕的腰肢，愈发显得修长、妩媚、青翠……

竹水情

一座延绵起伏的群山被竹林覆盖了。犹如一条绿色的巨龙在空中飞舞。一小丛竹子，被竹林推挤到山的最底端，让她们为整个竹林遮挡风沙。她们没有惧怕，她们没有退缩，她们携手并肩，她们团结互助，挺直那格外青翠的身躯，伸出那墨玉般的纤手，把日月攥进自己的手心，亭亭傲立在碧海之中，狂野的风沙每次在她们面前都灰溜溜地逃走，悄无声息。

从远方蜿蜒而来的一条小河，在靠近这丛竹子的岸边用力撞击翻腾，给自己做了一个月牙形的窝。

几根小竹子很好奇，其中一个问道："小河，你为何在这里做窝啊？"

小河答道："我喜欢这个清新舒适地方，和你们做邻居，每天睁开眼就能看到你们，觉得很清爽，很快乐。"

多年过去了。有很多竹子结成了对对伴侣，生下许多竹笋，小竹笋慢慢长大，一丛竹子变成了一小片竹林。

窝里的小河也没闲着，每当风雨来临，就借用上游河水和山上雨水的冲力，把小窝变成了一个又长又大又深的"月牙湾"。河水清澈，深不见底。

有一天午后，当年的那几个小竹子轻抚着雪白的眉毛与月牙湾的河水愉快地聊天："这些年和你做邻居真的很开心，但是我们都老了，也许不久的将来，我们有些同伴要离开这里了。"

河水说："咱们越老越有价值！比如你们竹子为人类做了很多贡献，有的还被编成器具或是雕成精美的艺术品，流传久远；我们水族随着时间的推移，也和人类以及动、植物都成了很亲密的朋友，彼此舍不得离开。"

老竹子说道："我们永远做邻居吧，希望我的下一代和你的下一代永远在一起。"

河水莞尔一笑，轻轻地点了点头："我俩的想法不谋而合。"

第二年的春天里，一个万籁寂静的黎明，这片小竹林里又冒出一些白嫩的笋。在林子的外围，有几棵竹笋却是嫩绿的，而其中一棵又是那白绿相间的娇嫩。时间倏忽，嫩笋成竹。

一日太阳升起，河水在阳光里伸着懒腰，打着哈欠，眨眼间冒出许多水泡。一个大的水泡在转身落下时，看到了那棵由白绿相间的嫩笋变成了绿意盎然的芊芊翠竹。

他们眼神交汇的那一瞬间，爱慕的火花也在彼此的心中悄然绽放……

从此大水泡有意无意地每天都几次窜出来，凝望那棵小竹子。

小竹子每次都很大方，很友好，很优雅地和大水泡打着招呼。

三千多个日日夜夜，小竹子在风霜雨雪中傲然挺立，愈发坚韧，身材更修长，枝叶更茂盛，含蓄中充满柔情，端庄与妩媚同在。

五亿多秒的时间里，大水泡和兄弟们共同努力，一边把脏水拱出去，一边鼓动鱼儿、虾儿、泥鳅等，在靠近竹林的河床上钻出许多个小洞洞，把所有的力量都通过小洞洞滋润着竹林，只是偶尔冒出河面来悄悄地看看小竹子。

某年秋季的一天，微风习习，竹影摇曳，河面清清，波光粼粼。大水泡终于忍不住，放下了往日的矜持，望着小竹子轻问："你好！你叫什么名字？"

小竹子嫣然一笑："你好！我叫小竹子，你呢？"

大水泡欢喜地露出了难掩的笑容："我叫清水，是你的老邻居，在这里生活有五十多年啦！"

"我在这里生活三十多年了，我听前辈提过你们，说水族很友善，胸怀很宽广，侠骨又柔情，当然清水肯定也不例外啦！"小竹子很爽快地接下话。

清水有些不好意思，但很绅士地拱了拱手："过奖了，你刚刚提到名字，突然我想到了一个很好听的名字。"

小竹子的脸上微微泛起了红晕，却又好奇，急忙问道："是什么？你快说说看。"

清水停顿了一下，略带思索地答道："我觉得'秋竹'这个名字更适合你。你喜欢吗？"

　　小竹子想了想，羞涩地柔声吐出："这个名字好有诗意哦，我很喜欢！谢谢你呀，清水。"

　　清水轻声笑了："你喜欢就好。我就是觉得秋竹和清水很相配，所以才想到这些。"说完扮了个鬼脸。

　　秋竹羞红了脸，低头心里想着：这个清水好大胆，又不失可爱，直爽的性格让人喜欢。

　　须臾，秋竹扬起脸说道："嗨，清水，我们是在一个凉爽的秋日里相认的，对吗，所以你想到了'秋竹'？"

　　清水笑道："你好聪明啊，你真招人喜欢！"

　　秋竹害羞地一转身小跑着离开了，夜莺般的声音飘过来："我也喜欢你这个朋友！"

　　清水回来后久久没有入睡，脑子里全是秋竹的倩影和笑声。今晚我该在怎样的清梦里，记住你的俏模样……

　　秋竹呆坐在家中好久，小心脏"砰砰砰"地一直在跳动，心底有着一抹异样的悸动，将从来没有过的情愫渐渐放大，多次地问自己：今天我是怎么了，依稀有了初恋的感觉？

　　时光在日月交替中渐渐流逝，慢慢走远。秋竹和清水常常在一起欢快地聊天、交流、学习，早已没有了起初的扭捏腼腆，而是变得从容坦然，聊得畅快时，甚至忘记了时间……

　　一日，秋竹和清水对话。

　　秋竹说道："当年我曾经喜欢过一个人，我们之间感情很深，他喜欢我，我也很喜欢他，我把他当做知己。但是我渐渐感觉到他变了，对我是带搭不理的，他可能是嫌我没有才情，不够美丽，慢慢地我们就没有了联系。"

　　清水说："你很美啊，很有才情啊。在我的眼里，你就是牡丹，是白玫瑰，是百合花，是夜来香……所有花的美貌、多情、温柔、端庄，都在你的身上体现。我喜欢和你做永远的朋友。"

秋竹幽幽道："谢谢清水。""我也喜欢和你做永远的朋友。"后面的一句轻得犹如蚊嘤。

清水静静地望着秋竹，满眼的温情，一字一字地吐出："亲爱的秋竹，我愿一直陪着你，一直珍惜你。"

秋竹正色道："多年来，虽然我们联系少，但从未忘记过彼此，你总是像及时雨一样在我需要你的时候出现，我会把你当做永远的知己，永不放弃。"

清水斩钉截铁地说："你不负，我亦不负！你若负，我亦不负！"

秋竹腼腆地笑了。两双手紧紧地握在了一起。

从此，每当夜晚降临时，清水就把自己变成雾气，轻轻地柔柔地把秋竹拥在怀里，不让尘埃接近她骚扰她。黎明之前，清水就悄悄退去。其实每夜秋竹都会醒来，只是不睁眼，静静地感受着在清水怀抱里的轻松和惬意。

秋竹在清水的眼里是一个有才华，有爱心，有思想的奇女子。有着小家碧玉的纯净，端庄大方的妩媚，还有暗香盈袖的柔情。一个声音从清水的心底里冒出："好好护着秋竹，好好珍惜秋竹。"

秋竹和清水，看似不搭边际，而他们的故事却像诗歌中描述那样："遇见你，娇羞欲语；喜欢你，不言而喻；陪伴你，情不自己；珍惜你，永不放弃。"未来的日子里，友情必定更加真挚、绵长……

撒欢在翡翠岛

远离城市的喧嚣，抛开工作的烦恼，探寻浓浓的绿意，领略自然的风光，感受越野的激情，是很多都市人的梦想与渴望。碧海蓝天，夕阳西下，身边不时有一群海鸟飞过，光着脚丫漫步在金沙海滩，又是何等的惬意与悠闲！

在河北省秦皇岛市昌黎县黄金海岸旅游区南端，距北戴河海滨 40 公里处就有这样一座美丽神奇的小岛。这里沙山连绵起伏，陡坡交错，若偶然登上沙山远眺，山下片片槐林苍翠欲滴，就像镶嵌在金色沙山上的翡翠一样迷人，名为"翡翠岛"。

2014 年 5 月 25 日，唐山庞大陆风 4S 专营店组织了 15 辆陆风 SUV 汽车自驾游。清晨 7 点钟，简短的仪式后，车队从唐山市城中心浩浩荡荡地出发，开启了这次酣畅淋漓的越野文化体验之旅。

店里给每辆车都配备了对讲机，行车中时而有人提醒车队注意限速路段要控制车速，时而有人呼叫车上人员看有无车辆掉队，特别是在有弯路、外来车辆的时候，领队车都会准确无误地通报给每一辆车，使大家有安全感，甚至在提醒其他"司机"不能犯困的同时，随即哼起了小曲儿。一路上，大家一起讲笑话，唱歌，聊天，诙谐幽默的语言，有意无意地调侃，其乐融融，相信那种气氛在平日里很难体验得到。

经过三个多小时的行程，车队抵达了翡翠岛附近的沙丘地带。由于刚下过雨，进岛之行变得异常难走，茂密的丛林加上狭窄的路面，泥泞的道路让我们的坐骑几次陷入困境。经过这一段艰难的泥路，在林荫的陪伴下终于到达了翡翠岛。

临近午时，大家纷纷卸下装备，有的车主兴奋不已，迫不及待地就驾驶着陆风车去沙滩上驰骋一番。在等待的空档，工作人员在现场支起了烤架，燃起了炭火，有的车主似乎也禁不住美味的诱惑，挽起袖子，戴上手套，兴致勃勃地加入了烧烤的行列。

丰富的午餐之后，今天精彩的重头戏才开始上演。正午的阳光，洒在金沙海滩之上。面朝大海，初夏的清风拂过，大家再也耐不住寂寞，齐聚蓝天碧水白沙滩，展开了一场友谊第一比赛第二的趣味沙滩越野挑战赛。我也按捺不住跃跃欲试的心，坐在了一辆参赛车的后排座上，亲身体验了这场比赛。

各参赛者使出浑身解数，尽情驾驭。有的关掉车内冷气系统，认真观察自己的前车有无超车的动向；有的把控好车速，任凭身边的车流擦身而过；还有行驶靠前的车主，兴奋地在车厢内高唱……

此时我乘坐的这辆陆风车，却艰难地行进在软沙中，受到了极大的阻力。"你们坐稳了！坐稳了！"车主周先生突然向车内的人提醒道。只见他信心十足，双目一凝，踩紧油门，车速骤然飙升。车头也随即高高抬起，左右倾斜，像一头发怒的公牛一样呼啸着冲上沙丘的顶端。面对这突如其来的冲击力，我吓得赶紧闭上了眼睛，一颗心几乎提到了嗓子眼儿，一只手紧攥安全扶手，手心里都捏出了汗。本以为车子会停歇一下，让惊魂未定的我喘口气。谁料到周先生一换挡，车子又疯狂地"杀"了下去，车轮打滑，沙子飞溅，一股失重感袭来，引得车上的人连声惊叫。当车子平稳地回到地面上，我还没有缓过神来。周先生看着发愣的我，说道："是不是太刺激，吓傻啦？"我微微一笑，回道："让人心跳加速的感觉。"随后传来大家一阵爽朗的笑声。

经过激烈角逐，陆风X8的王先生获得了冠军。王先生说："参加此次比赛，我收获的不是奖品，而是在驾驭中真正体验到了陆风越野车的卓越操控动力和无尽的乐趣。今天的自驾游很开心，是一种全新的体验，希望贵店能多举办一些活动，也期待能再次参与到活动中来。"王先生朴实的话也代表了众车主的心声。

比赛结束后，车友们又精力十足地来到了海边附近的"金沙滩"上游玩。我们像一群长不大的孩子，在沙滩上狂跑嬉戏，把裤腿卷得高高的，露出修长的双腿，欢快地追逐着海浪。有的还打起了"水仗"，双手用力拍打出水花，刹那间，水花四溅，开心地喊笑声，猛烈地拍打声此起彼伏……

悸动的青春

—— 写在2015年5月4日99届司法同学会相聚之际

指尖绕过的光阴，心上的念想，难以掩饰的情绪在悄然滋长，脸上微微泛起红晕，内心平静而又充实。从燕子高歌、秀丽娇媚的初春浅浅的嫩绿，变成林木青翠、炎炎夏日浓浓的墨绿，迈入艳丽多姿、菊花吐蕊的金秋染遍的青黄，到了冬季，与厚厚的、晶莹剔透的洁白瑞雪相依，照亮了心里的前行小径。在这个青春的节日里，我们相视而坐。张开双臂，热情相拥，友情花开，立成了靓丽的风景，绽放了青春年华，芬芳了五彩缤纷、激情飞扬的五月，明媚了那曾经的过往，陶醉了这一季的斑斓。相遇，凝眸，安然，守望一场心与心的相约，铸就生命的永恒。（此段文字取全班58个同学和3名老师名字中的一字添加组成，同音不同字。）

那一季的花开，伴着阳光的暖意，留下了青春里浅浅的笑靥；那份缘定的相遇，是温暖的牵念，一见倾心便是一生相思；那段青涩的岁月，行走红尘，一个默默地转身，便开始了一段旅程。若干年后，蓦然回首，初识你们的当年，一个转身仍让我心底泛起涟漪，曾经的流年过往，多么让人怀念，一起学习嬉闹的日子，有甜蜜，有温馨，有幸福。那些斑驳的记忆编织成一幅幅生动美丽的图画浮现在眼前，浅浅吟唱，只为一份心灵深处悸动的青春……

缘于巧妙的安排，这次的同学聚会，让我们相遇。多年的分别和牵念，给了我们相约再聚的足够理由。我们相识已有15年的时间，而距第一次聚会也有七年光景，甚至有的同学从毕业都未曾谋面。纵然时光在流逝，但始终无法磨灭的是我们的师生情、同窗情，不曾忘记同学之间几年的相依相伴学习的纯真美好，温暖的情意如江水流长。同学们围坐着相视而笑，共话沧桑，恨不得把这些年经历的事情一股脑儿地全部倒出来。牵手叙说当年的友情，交流感悟，彼此间没有距离，就在这一刻敞开心扉，坦诚面对，放下离别的愁绪，畅谈各自心中的那份浪漫情怀。

聚餐时同学们相互敬酒真诚问候，没了往昔上学时的青涩，变得亲切自然，成熟睿智。曾经的老校园因为拆迁已不复存在，而我们仍在寻觅着记忆最深处的快乐。教室里专注地听课，偶尔也会打打闹闹；操场上追逐打闹的身影，累了一起爬上双杠休憩；并肩而行说笑间的神情，休假后刚见面时那热情拥抱的场景依然历历在目。点点滴滴的回忆，恍如昨日，在短暂的聚会中，追忆着年轻岁月。

拥有这一段真挚的友谊在心中驻留，即使十多年过去，依然那么让人留念长久、温暖惬意。弥足珍贵的情感，此刻显得更加有意义，再次相聚的友谊，让我们更加珍重和眷恋。合影留念将美好定格，同学们将回忆珍藏在心底。手机通信里存下了你，偶尔一声轻轻地问候，一条祝福的短信息，带着关爱和思念，将我们永远牵连在一起，感恩此生遇见你。

回想刚揽下操办同学聚会的活儿，我就马不停蹄地张罗开来。微信群里从起初的十几人到现在的五十多人，把全班58名同学聚集起来实属不易。大多数同学都失去了联系，单是制作通讯录就耗费了我很长时间。一谈到阔别多年的聚会，有的同学表现积极，有的却不屑一顾，我的心里有时慷慨激昂，有时难免有些低落。"这么些年没有见面，有时间咱们聚聚吧。"简单的一句话便点燃了我们想聚会的念头。

但真正组织起来却困难重重，真可谓是绞尽脑汁、挖空心思，从寻找、通知、策划，我都一一主动参与，从来也没有想过放弃。现在想想自己，也不知是为了什么，同事都说我是"真性情"，或许吧，这就是所谓的"一念执着"。同学们有的说我与当年上学时那个青涩胆怯的小女孩儿相比判若两人，有的说我人缘好，如果是我组织肯定会有更多的同学参加，有的说相信我绝对有这个能力。不为别的，就为心中的这份念想和一颗善良炽热的心，为自己加油鼓劲吧！

亲爱的同学们，愿时光凝结，各自安好，期待我们的友谊像常青树那样四季温存，乡情乡音永远陪伴我们一生，等待再次重逢，青春绽放！

儿童节寄情

——参加女儿2017年儿童节学校活动所感

童年的生活，像一条欢快奔流的小溪，叮叮咚咚，淌过草地，穿越山谷，一路欢歌，时而清脆悠扬，时而高亢婉转，缓缓地流过心田，泛起晶莹的浪花，荡起无忌的欢笑与泪水，涓涓不息……

六一儿童节是属于孩子们的节日。这一天，我和读四年级的女儿也早早地来到了学校。女儿和同学们穿着洁白的衣服，排着整齐的队伍有秩序地走进操场。孩子们个个精神抖擞，昂扬向上，快、静、齐地列好队形，充分展现了小学生的青春活力和良好素质。

庄严的升旗仪式，让孩子们体会到了"祖国"这两个字的神圣内涵；隆重的颁奖过程，使孩子们更深理解了什么是对受奖者最高尊重的表达。而六年级学生的毕业致辞、热心家长的捐赠图书时刻、孩子们由衷的感谢手语……给在场的每一个人的心里都带来暖暖的光和热。场上的我，激动和感动之余，就是开心快乐。突然觉得，这才是世界上最纯净、最美好的感动和快乐。

看到孩子们那一张张天真无邪的笑脸，我的眼眸里泛起了泪光，心中荡起了涟漪。恍惚中，队伍里的女儿变成了我，瞬间回到了那段遥远的童年校园时光。那个年代，硬件设施远远不及现在，学校里的操场是用沙土做成的。升国旗仪式、少先队活动和团体广播操，都是在这个小操场上进行的。每年召开运动会的时候，师生们就自己动手将操场填土、平整，扫净，用石灰粉在操场上画出白线，我和同学们在这些白线里跑着长大了，跑到了今天，跑向了未来。当时学校里娱乐设施很少，天气热的时候就盼着能来一丝丝凉风，几个小伙伴叠几张纸扇呼呼地一阵乱挥，玩累了就跑到树底下乘凉，或者就干脆爬到双杠上休息，然而那时的快乐，却是别具一格的。

那个年代过六一，我和小伙伴们都非常期待。儿童节的当天，妈妈会早早地起来做饭，煮上碗面条，还特意打上两个荷包蛋，就像和过生日一样重要。早在节日的前几天，妈妈就把我觉得好看的旧衣服重新洗干净，再找来一些小碎花布头，把我的衣服绣上一两朵小花，妈妈的巧手，眨眼间就把我平常穿的普通衣服变成了节日演出服。还要用妈妈的粉扑把脸蛋扑个粉白，涂个口红，额头上还会点上一个红点，自己就感觉美得像个小天仙。最兴奋的还是能在班级上和同学们唱上几句、演上一段，那是最惹人注目的了。六一结束后，还会得到一些奖励：一支铅笔、作业本、手帕，还有几毛钱的零食。这些奖品，在当时来讲虽然很普通，但对于我们来说已经很奢侈了，它承载着我们特有的欢乐。所以就想着、等着、盼着下次六一节的早日到来。每年的六一节前后，我和小伙伴们或是奔跑在田埂上，或是嬉戏在小河旁，焦急而兴奋地等待六一的到来。和今天相比，虽然是不同的一张张笑脸，不同的方式过节，却有着同样的愉悦和开心。

"妈妈，快看，要轮到我们表演啦！"女儿的喊声让我回过神来，在红领巾的海洋中，我的思绪一时无法快速地聚拢，仿佛自己也变成了眼前节日里的孩子。舞台上孩子们动情的演绎，随着动听的旋律翩翩起舞，像极了一群活泼可爱的小天使，灵动而充满朝气。好久没有欣赏到这么热闹的场面，好久没有真切地走进孩子们的世界，好久没有这么和孩子们在一起互动交流。一个念头在我的脑海里渐渐清晰起来：我应该，也必须要回归到原本丰富多彩的生活，保持童心，不忘初心，跟随感动，快乐生活！

活动结束后，女儿小鸟依人般依偎在我的怀里，轻声问道："妈妈，送我什么做为节日礼物呢？"我抬起头对视她的眼神，悄然一笑，藏在心底的幸福迅速弥漫全身："妈妈想送几本书作为礼物可以吗？"女儿高兴地跳起来，"太好了！妈妈想到我的心里去了，妈妈你怎么知道我的想法呢？""你是我可爱的女儿，是妈妈的大宝贝儿，妈妈当然知道你的想法啦！"我微笑着回答。心中还默默对女儿说：感谢上天的恩赐，让你来到了我的身边；感谢爱的细水长流，让我与你相伴；感谢让我参与你的成长，让我有机会与你同行一段；感谢你让我甜蜜地回忆了过去，把美好的时光永远停留在童年的笑梦里……

写给楚楚的信

亲爱的女儿：

你是我的宝贝！

你是我生命中最重要的人！

亲爱的女儿，当我提笔给你写这封信的时候，过往生活的点点滴滴如同电影一样，不停地在我的脑海里回放。那年的 12 月 2

日这一天，你像天使一般降临在我的身旁，给全家人带来了满满的喜悦。从你咿呀学语，到慢慢长大，我体验到了做母亲的快乐和母爱的伟大。你的乳名叫楚楚，意为楚楚动人。你的学名是王川璐，"川"字代表着海纳百川；"璐"字意为小家碧玉，纯洁无暇。

亲爱的女儿，我爱你的勤奋好学。激励着自己也感染着身边人。你从小努力上进，学习一向不用操心，各科成绩名列前茅。你爱读书，勤思考，讲起话来滔滔不绝，生动有趣，却不失条理。你曾多次表示要考上唐山市最好的高中，考入名牌大学。你确实很优秀。于是，我们倾其所有，特意在重点中学附近买了一套房子。还在节假日，常陪你去书店购买书籍，去图书馆阅读，为你今后的学业奠定基础。这一切，只是希望你快乐，助你实现梦想。

亲爱的女儿，我爱你的乖巧聪慧。温暖了我的岁月，让我的生活更加美好安详。在上个月的"母亲节"，你亲手为我做了一张精美的贺卡。贺卡上除了描绘的图案，祝福的话语，特别的是在对折的中间部分，三朵红红的玫瑰随着卡片的打开缓缓绽放，栩栩如生。这是我收到的最珍贵的礼物！我知道，这是你耗费了几个小时，用一双巧手细心裁剪制作而成。它代表的是你的浓浓心意，是感恩，是爱。我小心翼翼地将它收好，我将永远珍藏。

亲爱的女儿，我爱你的懂事温良。在你8岁的时候，多了一位弟弟，家里变得热闹起来。我也越来越忙碌，脾气越来越急躁。逐渐对你多了指责和抱怨，常常忽略了你的感受。上个月"母亲节"那天，我问你想要什么。你说："从今以后，希望妈妈每天给我一个拥抱。"写到此处，我仿佛看到了你曾经期待的眼神，心里的委屈，承受的压力。我真诚地向你说一声："女儿，对不起，请你原谅我！"

亲爱的女儿，你知道吗？我们对你的呵护和关爱，不会因为有了弟弟，而减少半分。我愿意，为你去改变，去学习，去成长。你说，你和弟弟相差六岁，他是你最亲密的人。你们一起读书，一起游戏，一起嬉闹，一起为对方保守小秘密，一起陪你度过了最幸福的小学六年级。年龄幼小的你，在潜移默化中学会了分享，懂得了接纳，懂得了珍惜。你是全家人喜爱的"小大人"。

亲爱的女儿，我爱你的自信阳光。生活过得可以同花儿一样灿烂，馥郁芬芳。我爱你天真的微笑。这笑声能让我忘却烦愁，豁然开朗。

亲爱的女儿，我爱你的独立坚强。让我安心的放手，任你去拼搏闯荡。你喜欢画画，一画就是五年，还获得了不少奖励；你学会了游泳，在水中简直就像一条小鱼儿；你小小年纪，就开始文学创作，一直坚持。"吃得苦中苦，方为人上人。""心有多大，世界就有多广。"你心中有梦想，做事有主见，靠得就是这种持之以恒、不畏艰难的精神。

亲爱的女儿，你以前犯过许多小错，但能虚心接受别人的批评，有则改之，无则加勉。生活中总会遇到各种各样的困难，但这些都是暂时的。你要培养积极的心态。古人云：己所不欲，勿施于人。要学会面对未来，要具备抗挫折能力。"得之坦然，失之淡然，争其必然，顺其自然。"坚信"宝剑锋从磨砺出，梅花香自苦寒来"的道理。

亲爱的女儿，今天是你小学阶段的最后一个六一儿童节。一转眼，小学即将毕业，再过一段时间你就要步入中学，走进人生的花季。趁着年轻，努力奋斗，做自己喜欢的事，珍爱生命，不负青春！

亲爱的女儿，祝你身心健康、快乐成长！

亲爱的女儿，我永远爱你！

妈妈董小翠

2019 年 6 月 1 日

蓓蕾花开（七绝）

2018年6月29日，很荣幸地参加了唐山市某幼儿园大班宝宝们的毕业典礼。由衷地感谢幼儿园园长和老师们这几年来对孩子们的辛勤培育和付出。为了表达我的谢意，特写了一首小诗，希望孩子们像花儿一样茁壮成长，美丽绽放，祝愿某幼儿园越办越好！

金乌照耀送吉祥，
蓓蕾初绽吐芬芳。
花儿蕴育新宝地，
未来世界盈红光。

陆风飞向雾灵山

　　骄阳似火，正值盛夏。2015 年 7 月 18—19 日，唐山庞大陆风 4S 店带着 50 多名客户，在炎炎夏日里，真真切切体验了恒河漂流的激情以及雾灵山的越野驰骋之旅。徜徉在青山绿水间，畅游自然，感悟生活，享受快感。

　　早上 7 点，在徐徐微风和蒙蒙细雨中，十几辆陆风 SUV 准时齐聚在唐山市庞大汽车市场院内。活动现场，店内工作人员对此次自驾游的路线以及相关注意事项作了详细介绍，并对活动车辆统一编号、贴车贴、发放饮用水及对讲机，一切就绪后，自驾游车队便浩浩荡荡地直奔河北省承德市恒河漂流景区。

　　一路上大家欢歌笑语，聊天、讲笑话、唱歌。车厢的对讲机里还时不时地传来一个稚嫩的童音，提醒大家注意车速、路段、对头车辆状况……那爽朗的笑声，萦绕耳边的关怀，缓和气氛的玩笑，和谐亲切的氛围，让这个临时组成的陆风大家庭更加显得其乐融融、温馨惬意。

　　三个多小时的车程，车队抵达漂流景区。吃过午饭，稍事休息，车友们早已满怀兴奋、迫不及待了。

　　漂流区河段水流清澈，20—50 米宽度不等，平均水深 1 米左右，落差适中，沿途两岸怪石峥嵘、花木繁茂、蜂鸣蝶舞，还会经过鬼屋隧道，既有惊险刺激，又尽享自然美景。

雨竹

正午 12 点开闸，漂流才算正式开始，所有人提前半小时陆续进入皮船里等待。嬉戏在清洌的河水中，有的用水枪激射，有的用水瓢漫扬，还有的直接用上了大水盆，打水仗还没等漂流开始就已经战况激烈了。原本不希望衣服浸湿，但早有好事者讪讪地朝我们坏笑，然后不由分说地突然向我们击水。大家立即组成了"陆风精英团队"，并肩作战，共同抵御"外敌"，一场漂流大战拉开帷幕。虽然全身湿透了，却卸去了一身的疲惫。置身其中，其乐陶陶。

皮船滑入水中的那一刻，浪花溅起，瞬间感觉天旋地转，忘记了所有的忧愁和烦恼，抛开喧嚣的俗尘，体会着刺激和快感，酣畅淋漓。水声潺潺，空灵悠远，夹杂着峡谷的冷风呼呼地扑面而来，沁透着每一寸肌肤，以风驰电掣的速度呼啸而过，在大声疾呼之际，尽情地欢叫。水流时而湍急，时而平缓，皮船在起伏和摇摆不定中顺流而下，其中一人或双人合力，驾着无动力的小舟，利用船桨掌握着方向前行。但遇到急流险滩时，需要大家齐心协力，同舟共度。颠簸在浪涛间，荡起的是无比地畅快和松弛。

在欢笑中 2 个多小时的漂流很快就结束了，有的车友意犹未尽，还要再玩一次才算尽兴。

下午 5 点多钟，车队顺利抵达雾灵山景区。刚下车就能感到丝丝凉气，任凭它侵入身体。周围是青山环绕，在院中就能听到哗哗的流水声和悦耳的鸟鸣声。稍事休整之后，就在附近的农家院留宿晚餐，这里的饭菜都透着自然的纯朴、醇厚，使得大家胃口大开。晚餐过后，大家又兴致勃勃地唱起了耳熟能详的歌曲。尤其是一位七八岁的小男孩表演的一段街舞动感十足，赢得了现场观众的阵阵掌声，把欢乐的气氛推向了高潮。直至晚上 10 点，大家仍然恋恋不舍，迟迟不愿离去。

第二天早 8 点多钟启程前往雾灵山。窗外的淅沥小雨丝毫没有减弱大家登山的好心情，反而觉得更加清爽怡人。

　　山高谷深的雾灵山在燕山山脉中为燕山主峰，海拔高达2118米，她雄奇壮美，气势磅礴，腾展于华北大地上。在崎岖的山路中奔驰颠簸，不仅给我们带来了征服的愉悦快感，而且彰显了陆风汽车的越野性能，还考验着我们的驾驶技巧。

　　站在顶峰，环顾四周，雾海茫茫，宛如仙境。飞流直下的瀑布、巍峨壮丽的山、粗大笔直的树、缓缓流淌的溪水……山下的美景一览无余，远看就像是一幅幅天然的水墨画。云朵随着风儿漂浮着。悠然在山林间穿行，一缕缕清凉渗透全身，缠绵在汗水涔涔的额头与眉梢。主峰的温度只有19℃左右，温差较大，似乎一下子从夏天到了冬天，有的车友耐不住寒风刺骨，马上穿起了备用的棉大衣。

　　我搭乘的这辆陆风车的车主马先生也忍受不了寒冷，先跑了回来。闲聊中，他和我讲了买车的经历。那天他去奔驰4S店修车的等待时间，顺路来唐山庞大陆风店转转，接待他的是销售员小吴。马先生说："小吴的态度诚恳，服务热情，当他得知我是打车来的，还主动把我送回了奔驰店里，我很感动，最后就买辆陆风车算是作为回报啦！"我半开玩笑地说："原来您是先看上了人，后看上了车呀？"一句话，我俩哈哈大笑。而后，马先生补充道："当小吴通知我说有自驾游的活动时，我立马就报了名，就生怕名额被别人抢走了呢，真是不虚此行！"谈话的时候，有很多车友也陆续回到了车里，车队继续前行。

　　车辆穿梭在山间走走停停，大家欣赏着各处美景，仙人塔、十八潭、龙潭瀑布……雾灵山景区林茂草盛，如同一片小的林海，白桦、油松、云杉，还有许多叫不上名字的古树。这些古树都是一抱多粗，擎起一支支"碧伞"，将骄阳倾泻下来的热风轻轻遮住。所有的树木经过小雨的洗刷更加显得苍翠欲滴。所到之处，席地而坐，卧入草丛，依偎在雾灵山清凉的怀抱里，抚摸咫尺蓝天，静听流云呢喃，心在这一刻间被彻底融化了……

两日的自驾游，不知不觉就愉快地结束了，我们依依不舍地告别美丽的雾灵山。这次难忘的旅行，唐山陆风 4S 店的工作车主动为车队护航、前导，工作非常到位，博得了众车主的一致赞扬。车友们不仅收获了快乐，而且还认识了很多志同道合的朋友，结下了深厚的友谊。并对这次自驾游很是满意，纷纷表示期待下一次活动的再次相逢。

塞外明珠好风光

古人云，天有三宝"日、月、星"，地有三宝"水、火、风"，人有三宝"精、气、神"。而"精、气、神"是人生命存亡之根本，神旺才能气足，气足才能精充。张家口素有"塞外明珠"的美誉。这里天高气爽，景色秀丽，是个养生休闲的好地方。2015 年 7 月中旬，我们向着"塞外明珠"进发。

经过近四个小时的车程，当天午时一点多钟抵达张家口。这里的空气格外清新。抬头仰望，湛蓝的天空就像一颗纯净的蓝宝石，飘浮着一朵朵美丽的白云，诱惑着我们这些远道而来的不速之客。耀眼的阳光穿透云层直射着大地，宛如天幕被拉开一样，一场精彩而华美的演出即将开始……

次日清晨，伴随着第一缕阳光，我们驱车前往张家口有名的八角台。八角台始建于中国的明朝万历年间。如今，八角台被划为风景区。一路伴随着鸟儿委婉的歌唱，林木茂密，草丰花香。车内三周岁的儿子双手轻轻地抚摸着车窗玻璃，突然一只小手指向车窗，兴奋地叫喊起来："妈妈，妈妈，快看，快看！有鸡，还有兔子，在那边跑呢！"我定睛一看，原来是有山鸡、野兔出没其间，真是一派悠然的世外景象啊！但道路却异常崎岖，急弯加上坡，更要命的是，路边根本没有护栏，越上越险，车子倾斜度达到了60°角。爱人娴熟地驾驶着车辆，稳而不猛，缓缓前行。此刻500度近视的我，居然没戴眼镜，路面看得比较模糊，反而觉得很是刺激。站在八角台上，能一览张家口全貌，将美景尽收眼底。路上车水马龙，街道纵横交错，高楼林立，耸入云端，民居有序，栉比相邻，绿荫成行，花团锦簇，游人如织，构成了一幅美不胜收的图画，令人心旷神怡、如痴如醉。

下午，我们来到了张家口著名的古迹——大境门。大境门位于市区北端，在高耸入云的东、西太平山之间。始建于清顺治元年，被誉为"万里长城第一门"，是张家口的标志性建筑。大境门还是北方丝绸之路——张库大道的起点和贸易集散地，它也是一座闻名遐迩的长城关隘，扼边关之锁钥形势险要，历来为兵家必争之地，具今已有三百六十多年的历史。只可惜我们逗留的时间较短，刚刚到达大境门城下，儿子就闹起了小脾气，登城计划只好作罢。不过我们所到之处，已经能够一览城下美景。真想留在这里，看遍这里的大好河山，感受长城峻险和这份苍劲与宏伟。

第三天吃完中午饭，才迟迟来到了我梦寐已久的张北大草原。车子快速地行驶着，我的心里充满了期待。行驶了一段路，抬眼远眺，整个草原如同一幅恢宏的图画，辽阔无边。一望无垠的绿草，湛蓝的天空，洁白的云朵，一只雄鹰正在草原上空展翅飞翔，牛羊成群。远处隐约可以看到如一个个蘑菇般大小的蒙古包，镶嵌在草原上。身旁还有条弯弯的溪流，像一条迷人的玉带镶嵌在大草原上，静静地流淌。微风拂过，绿波跌宕，置身于茫茫草原，心情格外舒畅。趁着儿子正玩在兴头上，我赶紧捕捉着精彩的时刻，抓拍了几张照片，留下美好的瞬间。听这里的朋友说，再过几天就是一年一度的张北草原音乐节，只可惜此行匆忙，只能遗憾地与之擦肩而过了。

很快，几天的张家口之行就结束了。现在回想起那里的一切还是那么的美好、诱人，不由自主地让我喜欢上了它。所到之处，无不激发着逗留的欲望，泛滥着创作的灵感，这将会在我心中久久地沉淀，融入我们快乐的记忆里。

难忘的张家口，难忘的塞外明珠，我还会与你来相会！

花海中的眷恋

紫色的光波，轻轻地向四周弥漫，馨气悠悠萦绕。几个身着紫衣的女孩子围了上来，其中一个说道："看得出你很喜欢这里，既然喜欢，那就快来和我们一起跳舞吧！"我情不自禁地加入了她们。旋转，跳跃，伸展，仿佛变成了紫衣仙子，心中的烦恼和孤寂全都飞走了，留下的都是欢欣。忽然，脚下一歪打了个趔趄，回过神来，顷刻间我由仙女变回了自己，那几个紫衣女孩儿也变成了薰衣草。脑海迅速回过神来才知道，我来到了梦寐已久的"花海"。这片花海坐落在河北省张家口市草原天路上。每到盛夏时节，数千亩的草甸里，野生的和人工种植的各种五颜六色的花儿竞相开放，放眼望去，望不到边，非常壮观。

　　这里是花的海洋。五光十色、缤纷夺目，仙境一般的彩色花田，如同仙界遗落在大地上的一件拼布外衣。和煦的微风拂过，花儿摇曳，馨香扑鼻，整个花田倒映在蓝天之下，形成了一幅用笔难以描绘的巨幅画卷。眼前的花儿，朵朵娇艳欲滴，芬芳吐蕊，恰似一群亭亭玉立的姑娘在花海里参加选美比赛，煞是惹人怜爱。迎风初绽的犹如小家碧玉，秀而不媚，清而不寒，嫣然含笑；花蕾怒放的却是大家闺秀，气质沉稳，眉目疏朗，顾盼神飞；含苞待放的好像那一个个尚未出阁的少女，悄悄地躲在姐姐们的中间，偶尔探出头来东张西望，娇羞欲语。

　　这里的薰衣草让我特别钟爱。浅淡的紫，清雅中摇曳着妩媚；深暗的紫，沉静中透露着忧郁。都在以特有的姿态凸显着浪漫与柔美。伫立在紫色的诗意里，说不出的情怀，道不尽的依恋。风儿洒满爱意地轻轻吹过，朦胧的影子若隐若现，婀娜的身形随风飘摆，花香四溢，沁人心扉。

　　一些不知名的白色花儿，高昂着头，挺直那修长的身躯，傲立在花海之中。陡然让我想起当代的白领：她们大方得体，气质优雅，妩媚端庄，让人喜爱。五彩斑斓的蝴蝶翩翩起舞，辛勤的蜜蜂围着花儿上下翻飞，俏皮的蝈蝈在深草里时而长鸣，偶尔还有野兔快速穿过花丛。靓丽迷人的风景，美到让人几乎窒息，梦幻一般的花海，美到炫迷你的双眼！在这个令人心动神摇的地方，沉迷于花的海洋，近闻那花的清馨，是何等的浪漫和惬意！

　　花田中一个身材修长的女孩儿，她面朝着阳光，身上一袭白色长裙，头上的草帽缠绕着花环，花香的芬芳融入她甜美的脸庞，白玉般的双手轻抚着草帽的边缘，满田的鲜花与那袅娜的倩影相映衬，将她包裹在梦境般的花丛中，莞尔一笑间，宛若下凡的嫦娥，娇躯盈盈，楚楚动人。调皮的花瓣散落在女孩肩上、发丝上，也不忍将它拂掉。就这样与充满诗意的花海相遇，怎能不让人心甘情愿地醉倒在她的怀抱里？

夕阳下的花海，别具韵味。太阳那橘红光芒照射下的花海，瑞气霭霭，氤氲缭绕，现出耀眼的七色光华，犹如人间仙境。身立其中，无限地感慨，感慨自然界的无比奇妙和博大悠远；无限地眷恋，眷恋那花海中的气质和神韵。正是这些感慨和眷恋，让我进一步知道了世界的可爱和美好，让我释放了心中的愁烦和空虚，让我理清了自己的思绪和心境，让我明白了未来的目标和方向。

钟情你，迷人的花海！

喜欢你，多情的花海！

眷恋你，妩媚的花海！

感谢你，有爱的花海！

天路抒怀

2016年仲夏季节，我来到了"草原天路"。（草原天路位于河北省张家口市张北县境内，东起桦皮岭，西至野狐岭，全长132.7公里。该路蜿蜒曲折，犹如一条蛟龙，盘踞于群山峻岭之巅，跌宕起伏，绵延百余公里。天路的两旁，河流山峦、沟壑纵深、草甸牛羊，沿途分布着古长城遗址、桦皮岭、野狐岭，还有众多人文、生态和地质旅游资源的景观奇峻。行走在路上，能看到蓝天与之相接，白云与之呼应，就像是漫步云端，徜徉仙境，故而得名"草原天路"。）

　　首先映入眼帘的，是一望无际、绿意盎然、层次分明、线条交错的梯田，就像这里的人们一样朴实无华，真实而未经修葺。浅黑色的柏油路，在两旁黄的、绿的、粉的色彩的辉映下，竟然变成了深灰色的巨龙，静静地卧在草原上，曲折延伸，时而变黑，忽又变灰，望不到头，静谧深远，让人遐想。

　　远远望去，天空湛蓝，几朵白云极慢地漂移着，极像那襁褓中熟睡的婴儿，依偎在晴空的怀抱里，在甜甜的美梦中伸着懒腰；白云又好像皎洁的棉花糖，柔柔软软的，真想上去咬上一口，品尝那另类的美味；白云又宛如仙女的层层轻纱缥缈，款款向我走来，让人迷惘无措。偶尔有成群结队的鸟雀飞过，美妙的鸣音萦绕在天空里。一缕微风飘过来，轻轻地吹拂着我的面庞，一边调皮地拨弄着我的长发，一边在我的耳旁轻轻说道："欢迎你来到草原天路！"

　　此时正是油菜花盛开的季节，满山遍野一片黄灿灿的亮色，如同金色丝缎铺满了整个草原，她们万头攒动，竞相绽放，向满世界炫耀纤秀的身姿。油菜花的花瓣有四瓣，呈十字形，叶子大小排列有序，花蕊凋谢后会结成籽，磨成可口的油，放入佳肴，清香四溢，让人垂涎三尺。

　　最耀眼的当属那一片片向日葵了。绽放着一张张充满活力的笑脸，鹅黄色的花瓣整齐地聚拢着，数不清的白色嫩籽挨挤在圆盘里。他们个个昂首挺胸，整齐威武，活像一队队整齐的士兵在接受检阅。向日葵从不抱怨，从不张扬，始终以旺盛的热情、向上的精神，面朝着太阳奋力追逐，倾注着对太阳无限的忠诚与执着，傲然地活在这个炎热的季节里，处处提示着人们对生命的永恒渴望和向往。不禁让人心生猜想：当画家面对这些向日葵的时候，他们紧握画笔的手，震撼之余会不会微微地颤抖呢？

　　草原天路的周围，在连绵起伏的山坡上，乳白色发电风车舞动着巨大的翅膀潇洒地飞旋着，将那清爽的风不断地吹向四面八方，吹向原野。风车发电不仅能够带来清洁环保的能源，如今也成为天路上一道独特靓丽的风景。风车借用太阳的光芒，频频顽皮地向我眨着眼睛，似乎热烈地欢迎着远方来的客人。极目远处的绿色，在蓝天白云、多姿花海和巨大风车交集下的绝佳美景中，竟成了镶嵌其间的奢侈的点缀。

蓝天白云下，伫立天路上，恍如沉浸在如梦如幻的人间仙境，沉醉又迷离，似乎有一种魔力，深深吸引着我，令人无法抗拒。即使夕阳西下，谁又舍得离开这里呢。

站在天路之旁，微风柔柔摆动，温馨轻拂脸颊，听花儿窃语，赏绿意葱茏，心也随着馨气的飞扬，在起伏中神游天外。耳畔呼呼风响，胸中充满柔情，心中格外清朗，浑身舒展愉悦。眷恋不舍的思绪，期望守候的情怀，在天路之上慢慢地层层地舒展开来……

雨中拾趣

一夜酣睡，梦里在雨中散步。清晨醒来，看到天空弥漫着一层层雾蒙蒙的云，空气中散发着一丝丝潮湿。不知不觉中，窗外细雨绵绵，悄悄地来到人间，给人们一份措手不及的慌张。窗外俨然已成了雨的世界。天空渐渐泛白，雨滴落在青石板砖上激起一圈圈涟漪，而后便汇聚在一起，蜿蜒地流淌着。

蒙蒙细雨好似舞曲，让我疲惫的心灵跟着美妙的旋律飞舞。

被窗外朦胧的雨景所诱惑，我随手披上一件外套，独自撑着花伞，漫步在乡村的街道上。空气一改往日的浑浊，清爽了许多。我独自享受着细雨带来的这份清爽，这份宁静。

细雨好似无数蚕吐出的千万条银丝，在空中涤荡，将这个喧嚣的世界变得纤柔起来。一路走着，最引人注意的是路旁那被雨淋湿的树木花草，她们频频向我招手，邀请我与她们一起分享属于自然的美好。你看那些散落的雨珠，有的调皮地在枝叶上打滚，有的羞涩地在枝干下躲藏，有的却是勇敢地在草叶丛中跳跃。

街道上还有几位头戴草帽的老人，躲在一棵枝叶繁茂的大树下，依旧悠然地下着象棋，忽而传来一阵阵爽朗的笑声，忽而传来"乒乒乓乓"棋子碰撞棋盘的声响，很是惬意；一群赶时髦的老太太手持花伞，"叽叽喳喳"的像小麻雀一样，在闲谈着各自的家中琐事，很是开心；还有一个人竟然在雨中吹着葫芦丝……他们各有各的节奏，各有各的韵味，组成了乡间这幅含乡土气息的优美画卷。

雨珠若有若无地滴落在脸颊上，无比的清凉。穿过这条小巷便是那一片绿油油的庄稼地，一股夹杂着泥土的清香，沁人心脾。久旱大地上的庄稼张开了一张张小嘴，尽情地喝着甘甜的雨水；一滴小雨珠顺着小草的脖颈滚落，小草就像刚刚沐浴过，更加显得生机盎然；路边的杨柳也焕然一新，张开双臂，像是要拥抱这个世界。随着微拂的清风在细雨中漫步，心情愉悦，趣味悠远。

多么希望时间能够定格在这一刻，陶醉并沉浸在此刻纯净的心境里。细雨带来了一种淡淡的情思，让我抛开尘世的烦恼与心中的那份惆怅。曾经的失落和忧愁、笑与泪，瞬间在雨中了无踪迹……

不远处的村落，升起了袅袅的炊烟，想必亲爱的妈妈早已准备好了早餐等着回家的女儿。于是，一股暖流涌上心头，我加快了回家的步伐，快点去品尝妈妈准备好的美味佳肴……

七夕赏荷

　　近日的心情，不知怎的有点复杂，或许是临近七夕的缘故，或许是忽然想起那满池的荷塘。七夕这天清晨，我早早地来到了南湖公园。

　　南湖公园位于河北省唐山市市中心南部，总体规划面积30平方公里。是一座利用自然条件人工改造后的水上公园，也是融自然生态、历史文化和现代文化为一体的大型城市中央生态公园。

　　南湖公园内绿意盎然，树木成荫，一片片翠绿的草坪，湖水格外清澈。行走在林间，弯弯曲曲的小路一眼望不到头，路旁的泥土、树木、花草的芬芳扑面而来；林中鸟儿曼妙的歌声不时回荡在耳畔，让我不自觉地慢下了脚步，烦闷瞬间烟消云散。路边的垂柳像少女般羞涩地低着头，在清晨的阳光中尽情地舒展着柔美的身姿，摇曳着万千的绿色枝条，给宁静的南湖平添了无限的妩媚。公园内有跑步晨练的、湖边垂钓的、情侣约会的、观光游玩的、紧握画笔的、摄影抓拍的……我无暇顾及眼前这迷人的景象，直奔让我眷恋的那满池荷塘。

　　未及湖边，便闻到空气中弥漫着缕缕的清香，而唯有这淡淡荷香，清馨不浓，绵长悠远。站在荷塘边遥望，荷叶又肥又大，绿盖叠翠，青盘滚珠，托着亭亭玉立的荷花，漂浮在微微泛起波澜的湖面上。走到近处，一花一叶，脉络分明，一枝枝孤傲地绽放着。一朵朵红莲仿佛新婚娇娘低着羞涩的头楚楚动人，高贵圣洁。白荷带雨，皎洁无瑕；粉红嫩白，婀娜多姿；红荷托露，晶莹欲滴。雅荷淡香，风韵雅致；清水芙蓉，飘逸洒脱。

看着眼前的荷塘，我忽然想起那些文人墨客。从"小荷才露尖尖角"到"映日荷花别样红"再到"红藕香残玉簟秋"，从古至今，荷花的每一个时节、每一种姿态似乎都能得到他们的垂青，也难怪朱自清先生的《荷塘月色》把它描绘得淋漓尽致，深入人心。

这个七夕，为"荷"而来。陶醉在淡淡的荷香之中，此时的心境伴着浓浓的诗情盈满整个心房，暗香浮动，心事如莲。我真想抛开世俗的纷扰，把浮躁的心沉寂在花季的流年里；我还想携着坚毅淡然的心态，从容地打马而过，穿过云层，穿透铜墙铁壁，虔诚地拥抱纯净的阳光；我更想在这个特别的情人节里，心中独留莲的清净淡定、清幽芬芳，做一个简单的人，唱喜欢的歌，做喜欢的事，想喜欢的人。

夏日的荷塘，甚是迷人。今夜的七夕，应该是一个甜蜜的梦！

遇红颜（五律）

七夕遐想，知遇红颜，题诗一首，现录如下：

乞巧遇红颜，心扉绕梦牵。

一日似三秋，情系千年远。

翠竹仰长空，苍松恋高山。

朝夕盼重聚，珍惜此生缘。

爱上游泳

浅夏来临，年轻的女孩们都纷纷将自己装扮起来，换上了色彩缤纷、精致凉爽的新装，在大街上绽放着自信的妩媚。自然，我也不例外啦。早就想穿上夏装，再次美一美。

当我打开家中的衣柜，找出自己心爱的衣服，迫不及待地往身上招呼时，却穿不进去了。咦，怎么回事？心里忽地一沉，急忙试穿了另外几件，都紧绷绷的。低头细细一看自己：天哪！我的身体暗暗发福了，腰上还凸现了一个浅浅的"游泳圈"，这怎么得了？

我懊恼地大声尖叫起来："妈，妈，妈，妈妈，您快来！您快来！""怎么啦，大惊小怪的！"正在厨房里忙碌的妈妈闻声走了过来。"妈妈，您快看看，我的身体不知道啥时候就变成了这个样子，好几件衣服都穿不下了！这可怎么办啊？"我焦急得像个孩子似的挽住妈妈的胳膊，急切地摇晃着。

妈妈仔细打量了我一会儿，"嗯嗯，是胖了点，小肚子和腰围都有少许赘肉了。""妈——，你怎么说话呢！"我生气地撅起了嘴。

"看看你，我说了实话又不爱听了。"妈妈用食指轻点了一下我的额头，说道，"你都是36岁的女人了，还是那么爱撒娇。好闺女，别急。女人到了这个年龄段，多数都会发福的，也是正常的。你表姐前两年，身体也发福变胖了。为了保持身形，她去学了游泳，后来一直坚持游泳健身，效果很是不错。听你表姐说，游泳不仅能够让体型纤细，还能增加肺活量。游泳是一项有益于身心健康、增强体质、磨炼意志的运动。要不你也去试试？""那我也要去学游泳，把这些赘肉和'游泳圈'消灭在萌芽状态，省得连你也笑话我！"我嬉笑着回答妈妈。

想到去学游泳，心中惴惴不安。我是个旱鸭子，从小就怕水，我能行吗？能学会吗？内心几次的矛盾和挣扎，终于下定决心在今年暑假利用下班时间和女儿一起去学游泳。

7月初游泳班正式开课。到了游泳馆，既欣喜又紧张。欣喜的是，翘首以盼的日子终于到了，我得狠狠地逼迫自己一下；紧张的是，心里怕水，充满了恐惧感，成人学习游泳要比孩子困难很多。接待我们的教练身材修长，白皙的脸庞透着棱角分明的冷峻和刚毅，乌黑深邃的眼眸，不时闪过一丝温柔，看起来应该很专业！教练问我："你想学习哪种泳姿？""学习蛙泳吧。我看过几次游泳比赛，蛙泳的姿势独特，轻盈灵动，在水中冒一次头，就前进一大步，而且浪花很小，动静相宜，十分优美，我很喜欢。"我兴奋地答道。"你的眼光不错。不过呢，蛙泳学起来有点费力。祝你早日成功，在泳池里惬意地畅游！"教练温和地说道。

第一节课，学的是蛙泳腿部动作的"收、翻、蹬、夹"和憋气。在游泳池边练熟动作以后，深吸一口气，咬紧牙关，闭上眼睛，一跃而下，然后头部全部沉下水去，尽管有浮板和背漂的保护，还是呛了好多水，可能是紧张心理一直在作祟。在教练不停地指导下，身体才慢慢放松下来，双手伸直，抓紧浮板，双脚外蹬，自然就前进了。"吸气低头收蹬夹，吐气抬头划手，划手同时吸气，划手时双腿夹紧，蹬腿时手伸直……"这是蛙泳的技术要领。

过了几节课，女儿都已经撤浮板了，而我依旧是老样子，腿部动作不协调，游动时身体不向前走。回到家里，我趴在床上反复练习动作，但心情失落到了极点，竟然萌生了想放弃的念头，任凭眼泪打湿枕巾，辗转难眠。"各就各位，预备，1、2、3……"裁判员一声响亮有力的口哨声响起，某省某届女子组游泳比赛开始了。我在第二泳道，轻巧一弹，像鱼儿一样跃进泳池，娴熟又奋力地向前飞进。耳边不时传来"加油！加油！"的呐喊声。我率先到达终点，夺得冠军！我喘着粗气，倚在池边，激动不已，心情格外舒畅！我兴奋地拍打水面，一朵浪花打在脸上，猛地一惊，我醒了，原来是做了一场梦。梦境竟是如此的真实，我又怎能轻易放弃？

后来由于身体原因，被迫停课，我的心里始终过不去这个坎。等到身体复原，已进入 8 月份，女儿早已学会了游泳，每天都兴致勃勃地去游泳馆游上一圈。女儿的坚持让我再次燃起继续学游泳的欲望。当我怀着忐忑不安的心情又一次走进游泳馆，觉得有些手足无措。进入池水中，在教练的鼓励下，我的整个身体才慢慢地放松下来。按照教练教的，一招一式地练习起来。

到了第七节课时，我撤掉了身上的最后一块背漂，离成功只差一步之遥。接下来学习从水中如何站立起来。我心想，这应该简单很多吧。谁知，在水中真正游起来时，各种问题接踵而至。刚开始，手忙脚乱，动作配合慢、身体不平衡、情急中还会呛水……这可把我急坏了！这时教练向我游过来，手把手地示范动作，教我要领，让我放松，相信自己。教练的语速轻柔，非常有耐心，我被他的镇定从容所感染，在他的帮助下，一遍一遍地训练，拿出心里那股子不肯服输的倔劲儿，暗暗提醒自己：一定能行！我想起了安格拉·默克尔说的："当你脚发抖的时候，请勇敢向前迈一步，你就胜利了。"我鼓起了勇气，向前游过去，心中强大的信念战胜了畏惧，这次真的成功了！

现在，我已基本掌握蛙泳的技巧，通过练习有了明显的提高，形体也变得柔软苗条。原来那些旧衣服虽然紧点，居然能穿进去了。我好开心啊！心中不禁暗自窃喜：哈哈哈，终于把身体多出来的赘肉和"游泳圈"减下去了。小赘肉啊，拜拜吧！"游泳圈"啊，再见了！我不想和你们再次相遇！

荀子曰："锲而不舍，金石可镂。"历经两个月的时间，我终于学会了游泳。从逼迫自己学，中途想放弃，到感兴趣，再到如今喜欢上了游泳，思想发生了很大的转变，我看到了坚持的力量！因为坚持，才有了这快乐的夏季，让生命放射光芒；因为坚持，才有了成功后的喜悦，让生命绽放异彩；因为坚持，得到了美丽的收获，让生命走向永恒。

雨竹

恋上瑜伽

空闲时，一个人时常发呆。拿起笔想写点东西，却一个字也写不来。曾经难忘的一些人或事，多半是模糊的。心血来潮之时，却抓不住自己的思绪是怎样的。有几次凝视着镜子里的我，自己的眼神不再清澈，面部的笑容也有了少许僵硬。怎么会这样？这是怎么回事？静下来后想清楚了：这是满足了目前暂时安逸的生活；这是心中激情不再的表现；这是事业的忙碌和家务琐事消磨了自己的斗志，这也许就是导致我发呆的原因吧。

屈指算来，今年我已经 36 岁。女人到了这个年龄，韶华转逝，容颜易老。作为已是两个孩子妈妈的我，似乎没了欲望，没了追求，享受着一时的安稳。思考过后，头脑清亮，犹如醍醐灌顶。自己明晰地知道：尽管物质生活上满足，更应该从精神上充实自己，保持原有的自信乐观，惠存那份从容淡定，释放真善美的情致，自然会芳香到我周围的人。就应该不管自己情愿与否，都要督促自己做着想要做的事情，坚守着一颗执着的心，终会实现心中最初的梦想。

一次偶然的机会，让我接触到了瑜伽。瑜伽是一项身体、心理以及精神的运动，其目的是改善练习者的身体和心性。它能够让你从繁杂的思绪中快速抽身，让你的内心极快地达到从容与淡定，让你的形体随着内心的充盈变得更加曼妙优雅。

　　于是，我决定练习瑜伽，开启身体与心灵的探索之旅，留下人生中一份美好的印记。都说瑜伽是一种追求完美的修行。的确如此，在举手投足中、一呼一吸间，我的身体得到了充分释放，心灵得到了安宁。刚开始练习时，动作僵硬，甚至听不懂瑜伽老师口中的人体术语，常常练错动作，在其他学员面前略显尴尬。但并未在意他人的眼光，而是努力做好自己。每次都会练到身体出汗，此时的内心却是无比的平静，郁闷已被抛出体外，感受着内心的清凉。

　　瑜伽，让我放下了焦虑与不安；瑜伽，让我踌躇满志，激情荡漾。瑜伽像是在进行一场自我治愈，寻回内心的自在与安然，寻回自我，使我变得平和、健康和快乐。恋上瑜伽，忘记了自己已是一个三十多岁的女人，仿佛回到了十八九岁的年纪，不仅形体轻盈，走路轻快，而且心态也年轻了许多。曾经的我，自卑柔弱，现在的我，漂亮自信，这些都是瑜伽带来的变化。脑子笨并不代表什么，只是看心里怎样去看待和认识罢了，万事不过一念间。敢于诚实地面对自己，面对他人，正视自己的内心。认真是一种态度，努力是一种习惯，坚持是一种不动声色的力量。

　　如今大家见到我，都说我神采奕奕、满面红光，很是羡慕。追问有何妙招？我故作神秘地回答：我恋上瑜伽了。闺密好奇地问道："于佳是谁？他长什么样？身材多高，帅不帅？""咯咯咯！咯咯咯！"我忍不住笑道，"我恋上的不是一个人。是瑜伽，是一种身心修习的健身运动。你也去练瑜伽吧，好好和瑜伽谈一场恋爱，相信你一定会邂逅最美的自己！"

与你邂逅

漫步于云端之巅
心儿沉浮在尘世凡间
又是一年鹊桥相会时
诉说彼此的肝肠寸断

在这静谧含情的夜晚
凝望牛郎与织女的缠绵
想你念你千遍万遍
永远不忘最初的誓言

璀璨苍穹繁星点点
闪烁在浩瀚的银河边
遥遥相望泪水潸潸
热切企盼相聚的来年

这一年的七夕
我喜欢上了你
喜欢你的沉稳睿智
喜欢你堆砌的文字

与你邂逅的美丽
注定了你是我一生的知己
一场心灵的相约
就此优雅地开始

此情只待与君老

　　独倚阑珊，月光如水，静静远眺，幽邃的天幕上点缀着稀疏星星，一弯弦月，散发着柔波，倾泻着冷艳的妩媚。伴随着缕缕清风，撩开了我尘封的记忆，月影倾城，伊人独醉，凝成一片相思结。

　　行走于阡陌红尘，思绪飞扬，夜风轻拂，暗香浮动。旖旎情思，流盼的迷离双眼，在为谁凝眸？那一世的韶华，终究会在岁月的辗转中萧然渐去，沧桑了容颜。

　　凝神在这清风明月，加之近日阴雨连绵的天气忽而之间的转变，让还沉浸在雨季里的思绪无法回转。透过眼前的朦胧，蓦然发现，庭院的莲花已经盛开，闪烁着波光，魅影恰好映在那一瓣瓣嫣红之上，满池莲花发出阵阵幽香。唯有心中期许，暖一季花开，馨香依旧，温婉守候。

　　缘定在七夕，款款两相依。人望天上雀，雀在桥上栖。遥遥回眸，佳期如梦，脉脉传情，牵手七夕。想必，牛郎织女从未后悔过对往昔的深情执着，纵然是别离，相隔于银河，终究能盼来一日的相见，哪怕是一日的拥吻，已足够相守永生。

"最浪漫的事，就是和你一起慢慢变老。"浅浅的一句吟唱，道出了多少人内心对爱情的真切渴望。矢志不渝的爱情就是要有一个人的守护和相伴。人生短短数十载，在我看来，爱人也好，知己也罢，都值得倍加珍惜。这一缕爱的阳光，如春日艳阳，温馨柔媚，如夏日骄阳，热烈豪爽，如秋日夕阳，深沉娇艳，如冬日暖阳，恬静温存。原来，那些眷念，早已铭刻在心魂深处；原来，即便是相视无语，早已心有灵犀，你是我镌刻在心底的存在。

当额头篆刻几许印痕，步履蹒跚时，和你肩靠肩，静坐庭院，共同聆听花开花落的声音。缱绻在夕阳西下，闲庭信步，一起携手走进曾经林荫道上宁静深处的黄昏。任风起云涌，沧海桑田。唯有如此深情的眷恋，才能流淌在两人的心间，永生不变。

此情只待与君老！

第三辑
秋 语

带着对你欲说无语的思念，我走进这秋日里；

带着凝眸回首和安然恬淡，我漫步在秋风中；

带着对你莫名温婉的眷恋，我倾听秋的私语；

带着一份淡雅的悠悠情思，我与秋阳来约会。

——《秋语》

秋　语

当泛黄的落叶挂满枝头时，
你是否还在回忆夏日的柔情？
当飒爽的风儿送来请帖时，
你是否已经读懂秋天的笑容？
当叶子迈出最后一步去找寻归宿的那一瞬间，
你是否感觉到了生命中涌动的那份绽放的美丽？
当秋霜轻掩漫野碧绿将单调的白色涂进画卷时，
你是否体会到了所有的色彩都需它的无私托衬？
带着对你欲说无语的思念，我走进这秋日里；
带着凝眸回首和安然恬淡，我漫步在秋风中；
带着对你莫名温婉的眷恋，我倾听秋的私语；
带着一份淡雅的悠悠情思，我与秋阳来约会。

傍晚的晴空，薄暮轻绕，云影散射，袅袅炊烟悄悄飘向深邃的天空。落日的余晖闪烁着金黄的色彩，朦胧的灯光伴着霓虹闪烁，五彩缤纷的霞光洋溢在柔和静谧的色泽中，别有一番景致。

踱步在斜阳下的长街上，一股凉爽的微风迎面而来，让人神清气爽。挥臂感受着秋日的舒爽，俯闻草丛中泥土的芬芳，鸟雀纷飞，河光倒影，落日夕阳，眼前的美景让人心醉得迷离，仿佛在天上的街市里徜徉……

　　向远眺望，小河岸边，树影婆娑，稀稀点点，斑斓了青石小路。如茵的绿草与娇艳的鲜花轻声呢喃，为那快要西坠的斜阳唱着情歌。岸边有一优雅的少妇携一个未满裙钗之年的女孩儿，望着她们眼前那条宁静的河水，在那里伫立良久。或许她们是在想象着，如何能与这清澈的泛着涟漪的碧波来个亲密接触，与水中的鱼儿一起自由自在、无忧无虑地畅游。

　　岸边一排排的白杨高傲地俯视着大地，尽管被秋风扯下片片橘黄色的外衣，但它不向风儿低头，依旧潇洒地挺立着。一棵棵绿柳却是欢呼秋风的到来，随风起舞，借助风的力量将身上的枯枝和残叶抖掉，想永久保持着清爽袅娜的身型。看到此景，我在愉悦中忽然闪过一丝淡淡的伤感，为白杨和绿柳即将在不久的严冬里度日所惋惜。忍不住对着白杨和绿柳说道："过一段时间，你们将面临着寒风、沙尘、冰雪、干燥，真为你们担心。"白杨和绿柳同声答道："其实每一次冬季的到来，都是一次难能可贵的磨炼，明年春天我们会以更高大更结实的身姿、更乐观更洒脱的心态，挽着春风来陪伴你。"它们的豁达和情操，让我不再为了秋日的即将远去而忧伤，心胸豁然开朗，感动萦于脑际：感动于落叶的洒脱和无畏，感怀于秋韵的沉美和娴静，感慨于秋语的纯净和无邪，感恩于生命的可贵和美好……

　　一望无垠的田野像一幅七彩巨画。秋日下的庄稼地里，谷子把所有的金首饰都插在头上，却被压弯了腰而一直抬不起头来；高粱借用风雨和阳光，将自己的头发和脸庞都涂抹成了紫红色；大豆不甘落后，将身上的月牙宝囊微微张开，清脆的声音如同黄鹂在歌唱；花生像褓褓中的婴儿争先恐后地钻出头好奇地看着世界；高高在上的向日葵好似一位丰满成熟的少妇，摇曳着婀娜的身姿，带着满满籽实的喜悦，向人们炫耀着她那俏丽的模样。

　　路旁的花儿被突如其来的一阵风吹弯了腰，耷拉着原本倔强的脑袋，凋零的几朵花瓣被风微微卷起，就在这一刻，怎能不使人心生爱怜呢？莫名的失落瞬间袭来，谁能懂得，它含蕊初开时袅娜娉婷的身姿和缱绻柔软的情怀？谁能知悉，它染尽了最后的颜色，在秋日花瓣飘落的落寞呢？如若懂得，心中徜徉的是初见时的那种怦然和萌动，和每朵花儿怒放时的美丽；如若知悉，思绪如花朵凋零时漫天飘扬，轻轻地，静静地，牵引出最柔软的心事，多年前刹那的悸动浮上心头。

我的脸上微微泛起红晕，几分沉醉，几多回忆，把牵念的情愫注入我的双目，勾勒出那幅"一年好景君须记，最是橙黄橘绿时"的秋日图画，将这一切全部摄入我的眼底。秋日里清亮的眼眸中，闪烁着春的盎然绿意、夏的热情红火、冬的滢然洁白，诗意静美的情感唤起了我对秋的无限遐思。

犹记那些凝结在眉心的轻声细语，婉转地萦绕着我缠绵悱恻的长久思念，在梦里百转千回。你可知那一场倾心的相遇，便成了我一世的情殇。恬淡静好的时光在心湖荡漾起圈圈涟漪，吹皱一池春水，波光潋滟。涌荡着喜悦，于每一个这样如画黄昏至如诗晨曦间幸福地安然度过。嫣然桃花脉脉馨香，婉约芳菲轻漫溢馨，优雅地与秋日窃窃私语，将这份真挚的浪漫情怀装扮成人生一道最亮丽的风景，深深镌刻在心灵的最深处，充盈着光明与温暖。

心不再孤寂

　　"相遇在人海 / 聚散在重逢之外 / 醒来的窗台 / 等着月光洒下来 / 不用太伤怀 / 相信缘分依然在 / 让时钟它慢慢摇 / 滴滴嗒嗒等你来 / 看云水漂流 / 看着落叶被带走 / 泪湿的枕头 / 枕干潮湿的温柔 / 等到下一个春秋 / 等到秋叶被红透 / 让那指针慢慢走 / 停在花开的时候 / 不是因为寂寞才想你 / 只是因为想你才寂寞 / 当泪落下的时候 / 所有风景都沉默 / 因为有你爱所以宽容 / 因为思念时光走得匆匆 / 月光轻轻把梦偷走 / 所有无眠的夜想你够不够……"

　　静静的夜，手机的播放器里起伏回荡着这首忧郁伤感的歌曲《不是因为寂寞才想你》，缓缓流淌在我的心扉，将烦恼忧愁层层剥落。随着优美动听的旋律，细细品味，这种凄婉居然使我潸然泪下。寂寞时，真真切切寻觅不到自己。

　　已入深秋，孤寂凄凉的夜，自己蜷缩在被窝里，一遍又一遍数着"一只羊、两只羊、三只羊……"，辗转难眠。家庭的琐事，令我疲惫不堪。站立窗台，霎时凉意，黄叶随风零落，不知飘向何方，随着我的心境渐行渐远。习惯了一个人遥望夜空，无限的遐想。

　　回眸走过的路，一个个熟悉的容颜浮在眼前，一桩桩难忘的往事历历在目，曾经的一幕幕掠过脑海，是怀旧？是孤单？偶尔地回头望望，却发现早已抛在了身后，尘封在了记忆里。一路走来，就像梦一场，好多次我都在怀疑眼前的一切是否真实。

渴望一杯红酒，把这份落寞，混合着思念，调制成美味，醉在这个恍然的世界里，美丽而又忧郁。醒来后的第一缕阳光，会慢慢抚平我的孤寂，亦甜亦苦的感觉在心里不停地燃烧，越加浓烈，我却愿意沉浸在这一时的醉里寻求着那一份快乐。思念如同一杯酒，都说酒放久了越来越好喝，绵口醇美，幻想着酒的芬芳，我禁不住抿上一口，到了嘴里却觉得异常苦涩，再抿，再尝，不知不觉地陶醉了，亦如酒醉后醒来的寂寥。

一本书上曾经写过："世上的人可以分为三种，一种是感性的，善良、痴情、浪漫、细心、敏感。有一种是理性的，举止理智，言行板正，做事专注、善于思考、自我为中心意识强。还有一种是中性的。"我绝对属于第一种。一段文字、一首音乐、一幅图片、一则故事，都会为它而感动，感怀曾经的一缕情愫，追忆逝去的一抹时光，甚至泪流满面。对于感情而言，则更加专注，一旦打开心扉，便一发不可收拾，心不再孤寂。我也想做温柔的女子，在这纷繁复杂的世界，保留一份清纯，享受惬意人生。

淡淡的夜，心格外的宁静。女儿的喃喃梦语，儿子的轻缓鼾声，产生了一种无法言语的情感，唯有此刻，恬静、安然和幸福。不再回首曾经，收起孤独的心情。我不愿再品尝这孤寂的落寞，或许我想要的只是平淡的生活、简单的满足和一份真挚的情感……

真的在乎你

丁零零

耳旁传来你熟悉的话语

我在忙

有事吗

原本喜悦期待的心

却在那一瞬间消失

我没事

你忙吧

放下话筒

无奈的落寞

像风一样钻进身体的每个间隙

痛楚弥漫

其实你不知道

我只是想你了

我是多么依恋你的声音

曾几何时

想念之火被你点燃

熊熊燃烧

从那时起

我的热血在沸腾
我的思念在翻滚
我的情感在洋溢
我的爱意在流淌
只为追逐你微笑的模样
企盼下一次
你能明白我的心意
温暖我的心房
真的喜欢你
真的惦念你
真的眷恋你
真的在乎你

秋　意

秋意阑珊
树影婆娑
伴月舞翩跹
但愿婉约了你的眷恋

秋韵似水
微风拂面

与爱长相随
应该镌刻了你的柔美

秋色如绣
丹枫传意
盼此刻邂逅
希望灵动了你的明眸

秋光相约
七彩旖旎
梦里花无缺
企盼静美了未来岁月

对话秋雨

寂寞的夜里，低吟着心语，无尽的忧伤，诉不尽的离愁，忍不住的泪水流进了无言的梦里，漫天的思绪徘徊在心头。是谁在凄凉难耐的夜晚辗转难眠，回想着过往，独守着孤单？是谁在深夜里静静醒来，泪水湿了枕巾，迷醉了夜晚？是谁在寄情悲凉的雨中渴望眷恋，陶冶着情感，任由牵念蔓延？

突如其来的大雨急促地敲打着窗，引我伸手触摸，向前观望。轻语呢喃，思绪也逐渐飘向了远方。雨儿诧异地凝望着我，似乎在问:"不懂窗内的人为何低头蹙眉,难道是我让你感受到了漫天的忧伤?"我莞尔一笑:"怎么会?是你滋润了大地,抚平了我的落寞。有了你的陪伴,我在雨中寻觅,投以亲和的目光,看待大自然的万物。就连那一草一木也都在感受着你的脉脉情意,希望能与你一起歌唱,一路狂欢,直至感动秋日。"

听了我的回答,雨没有了起初的暴躁脾气,变成了淅沥细雨,依偎在了秋的怀里。雨儿略显矜持,但又不失大方,像一个知书达理的大家闺秀,紧紧抓住了一颗爱慕的心。雨儿腼腆的表情,又像刚上了妆容的新娘,美丽的脸上因为羞涩而升起一朵红晕,雨儿在秋的簇拥下尽情展示着自己的妩媚。

推开一扇窗,一丝夜风拂动长发,用一双沉静而深邃的目光望着我,安慰我,未用只言片语,足以温暖我。轻轻吟一首诗文,把岁月流年,今情往事,期盼的情怀全都编织在了这个绵绵细雨里。细雨像一个哭累的少女,在夜色里逐渐安静下来,慢慢入睡。她细长的睫毛还挂着些许残泪,在微弱的灯光下更加显得柔美可人。风儿吹熄了蜡烛,秋酣睡的模样若隐若现,却悄悄送来了秋的气息。

回过身来躺在床上,雨水在手心里滚动,禁不住亲吻它,一个人沉醉。微闭双眼入睡,那曾经的过往被雨声倏然惊起的梦里,有青春时的身影在阳光洒落的草地上翻跹,有坚定的执着引领着一颗求索的灵魂继续走向时光的深处。

雨后的清晨,我拉开窗帘。清爽的风吹进卧室,夹杂着泥土的气味、草叶的馨香扑面而来,我的心情格外明朗起来。蔚蓝的天空,初升的太阳,耀眼夺目。秋,散发着沐浴后的芬芳,我深吸一口,好不惬意!顿时思念萌生,一点点伸展释放,令我迷离,撩拨着自己的内心,肆意渲染着一幅写意画,墨渍水晕,淋漓尽致,澎湃出丝丝缕缕的醉意萦绕在心头,一抹笑靥就在脸上荡漾开来。

夜　思

这是个独特的夜
今夜我无来由地悸动了
这是个静谧的夜
今夜我无法安然入睡了
少年的记忆塞满了今夜
青春的印痕遍布了今夜
爱情的味道弥漫着今夜
理想的翅膀飞翔在今夜
在这样的夜里
理清了一片思绪
在这样的夜里
悠悠地思念着你
在这样的夜里
确定了人生目标
在这样的夜里
悟出了爱的真谛
怀揣一份执着
感怀一份真情
保留一份纯真
不忘初心前行

喜　欢

喜欢在万籁俱寂的夜里

独自倚靠窗台

遥望那玻璃窗外的一弯苍穹

静看这如丝细雨

聆听清风拂过的声音

书写落叶沙沙的美妙诗篇

邂逅心底的一抹纯净

喜欢用手机拼写着文字

任由思绪的遐想随意勾画

描绘心中的他和她

或静默沉思

或轻语呢喃

喜欢看宝贝熟睡的样子

哪怕嘴角淌下哈喇

偶尔托腮轻叹

又或轻咳撅唇

在梦中甜甜的呓语

喜欢躺在床上静静思考

微闭双眼

哪管一天劳累的疲倦
存在还是逝去
过往的都已成为曾经
体验的是人生的艰辛
感悟的却是生活的真谛

秋的雨季

春天的雨就像是初恋的感觉，懵懂美好，夏天的雨就犹如热恋的味道，热烈畅快，品起来各有不同的韵味深在其中。跨过了初冬小雨的瑟瑟凄凉，走过了春雨的温和延绵，漫过了夏雨的激昂滂沱，进入了秋雨的舒展缠绵。秋雨丝丝缕缕，缠绕心扉，缱绻悱恻，忽而觉得寒意袭人。灵动的思绪伴随着雨水轻轻扬起，敏感纤细的心也揉进了蒙蒙细雨里，清风舞雨，被赋予了几多诗情画意。或落寞，或感动，或忧伤，或欣喜……

喜欢在这样的一个雨季，安静地蜷缩在自己温暖的小窝里，听着窗外淅淅沥沥的倾诉，任凭寂寥拂过脸颊，时间一分一秒地从指缝间流过，让心灵恬静。静坐窗前，托着双腮，用目光打量着这幅雨中图画。聆听雨水滴滴答答敲窗的声音，如同一首动听的旋律般魂牵梦绕，声音虽然很小，却足以让人沉醉其中。情到深处，便会微闭双眼，抛却杂念，静静地享受这份难得的时光，在静谧中拾一份宁静淡然。

伸出手臂，轻抚柔柔的雨丝，思绪伴随着薄雾般的朦胧逐渐飘向遥远的天际。轻吻雨丝，雨珠滑落指尖，催开了它的春梦，落地时笑靥如花，柔曼地轻舞飞扬，而后心满意足地随风凋零。缠绕的相思，幻化成了指尖流淌着的跳跃的音符，飞进了我的一帘秋梦里。

临窗远眺，凝眸间，总有一些温暖的情愫盈满心田，总有一份温馨而美好的记忆徜徉在心的边缘。此刻，多想和喜欢的人肩靠肩，共同聆听这秋日烟雨弥漫的呢喃。

接近午时，小雨丝毫没有停歇的迹象，飘飘洒洒，像无数轻捷柔软的手指，弹奏着一首首优雅的小曲。雨帘还是那样密集，像千万条银丝，荡漾在半空中，好比串好的珠帘，给远处的群山披上了白纱。

撑起一把花伞，漫步雨中，滴答滴答的雨声，清脆悦耳，仿佛在演奏着一曲欢快的秋之歌。枝头的一对小鸟也被这动听的旋律感染了，随着优美的音符，含情脉脉地对唱情歌，拍打着翅膀，比翼双飞。轻轻的雨丝散落在小草纤细的身上，它们也铆足了劲，拼命地吮吸着甘甜的雨露，越发别致可爱了。在这一季的绵绵细雨中，池塘里的荷花也显得那么娇嫩诱人，清丽雅致。微风习习，荷花轻轻地摇曳，翩翩起舞，亭亭玉立地站立在满池碧叶之中。

一阵清风拂过，几滴雨珠散落在我的脸上，收束花伞，沐浴雨中，任凭晶莹的雨珠肆意地钻进我浓密的披肩秀发，梳理着柔软的思绪，一任飘飞的雨丝在睫毛上跳跃。秋天的雨就是如此，让人的心情变得格外细腻丰富起来，想去读雨。

雨后的天空清爽宜人，神秘的云彩，优雅的灰调，让人产生无限的遐想。我的脑海中慢慢地浮现起诗人苏轼的《浣溪沙》"软草平莎过雨新，轻沙走马路无尘。"有人这样描述："那是一种雨后扬鞭的快意，软草，轻沙，让诗人策马赶路心自闲，挥洒文字云雨间，舒适愉悦，自是十分惬意。"

　　夕阳西下，映红了天边的晚霞。舒适地躺在庭院一角的藤椅上，轻点脚尖，慢慢摇动，一杯清茶握在手心，悠然自得地欣赏着周围的一切。斜阳、白云、彩虹、青山、楼宇、树影、鸟鸣，好一幅清新绚丽的图画！随着晚风的摇曳，晃动的藤椅发出悦耳的"吱吱"声，偶尔传来几声虫鸣犬吠，茶香弥漫了整间小院，微闭双目，真想让时间停留在这一刻，就这样与秋的雨季沉醉、缠绵……

选择的路口

　　每个人在一生中都会面临着很多次的选择。学业、事业、爱情、生活，随着生活方式的不同也会逐渐产生选择的不同。

　　人生就是一连串选择的过程。当站在人生的十字路口，你虽然选择了其中的一条，但这条道路上也许会遇到新的岔口，你又将面临新的一次选择。于是乎，困惑、茫然、无奈、不舍……很多复杂的思绪又开始交织在脑海里，人们会不停地张望、徘徊，是舍，是得？是放弃，是坚持？这里充满了辩证法。人的一生就是不断地在选择和取舍中度过，而幸福和命运在于如何选择。

　　对于大多数人来说，面临最多的还是工作上的选择，这无疑是一生当中最重要的选择之一。对于工作的选择，无非有两种：一种是想走，却又舍不得走；另一种是迫于无奈，不得不走。在去与留，舍与得之间左右为难。可正所谓：有"舍"才有"得"，这就道出了选择的智慧。成功的方法有很多种，不管在怎样的环境下，都应坚持你的原则。在选择之前，想干什么，能干什么，能不能根据实际情况在工作上有所发展。一个人需要学会思索问题，思索问题的本身也是个学习的过程，这样会有个更清楚的认知，找到属于自己的位置。选择喜欢的、感兴趣的，适合的才是最好的。如果将个人的兴趣爱好和喜欢的工作结合在一起，无论做什么，都会乐在其中，真心热爱所做的事，工作就不会显得辛苦和单调。兴趣会使你整个身体充满活力，再累都不会觉得疲劳，工作不仅是满足个人的生存需要，也是实现人生价值的需要。工作所给予的，要比你为它付出的更多。前面的道路很宽，但适合自己的，也许只有那么一条小径，要勇敢地向前迈进。把命运掌握在自己的手中，就是自己将要选择的路。

对于工作，如果是无法改变或者无法选择喜欢的，那么，就要找到一种适合自我的放松方式。在紧张的工作之余，听音乐、看书籍、玩游戏，或是运动健身，等等，只要是健康的、向上的消遣，都会让你产生大量的满足感。时刻保持愉悦的心情、积极向上的态度，"得之坦然，失之淡然，争其必然，顺其自然"，就会收获快乐，体验到生活中的平凡与精彩。精神饱满，快乐工作，定然会激发内心深处一直存在的活力、热情和创造力。认真细致、脚踏实地做好本职工作，从而在工作中享受快乐，开启幸福人生。

无论是怎样的一种选择，即使是在人生岔道口经历过一番痛苦的徘徊，甚至是初经世事的人，如能锲而不舍，最终发现正确的目标，往往都会有可喜的成果。要学会为自己量度，找平衡点，只要有足够的信念，即使在平凡的岗位上，也能实现人生价值，也会创造辉煌的未来！

夜读（七绝）

夜未央时，女儿还不肯睡下，聚精会神地在微弱的灯光下读书，读到动情处，声泪俱下，我轻声地问她怎么了？女儿说，是被书中主人公无私奉献的事迹所感染，情不自已，立志也要向其学习。此时此刻，忍不住提起笔来，写下这首小诗：

烛影微摇夜未央，
月伴书香醉心房。
情到深处笑中泣，
化作羽翼志昂扬。

学会弯腰

偶然间看到这样一段文字："和别人发生意见上的分歧，甚至造成言语上的冲突，所以你闷闷不乐，因为你觉得都是别人恶意。别再耿耿于怀了，回家去擦地板吧。拎一块抹布，弯下腰，双膝着地，把你面前这张地板的每个角落来回擦拭干净。然后重新省思自己在那场冲突，所说过的每一句话。现在，你发现自己其实也有不对的地方了，是不是？你渐渐心平气和了，是不是？有时候你必须学习弯腰，因为这个动作可以让你谦卑。劳动身体的同时，你也擦亮了自己的心绪。而且，你还拥有了一张光洁的地板呢，这是你的第二个收获。学会弯腰，还会有意外的收获。"

读罢此文，怦然心动，想起了和同事在工作中争吵之事。为了一件小事，双方争论得面红耳赤、喋喋不休。最后也没有争出个所以然来，以互不理睬、互相埋怨而收场。其实，无论是工作，还是生活中，都避免不了尴尬的局面，无非就是不愿认错、不甘示弱。遇到问题的时候，都会本能地从他人身上找原因，很少会怀疑自己的决定或做法，一味地强调都是别人的过错，冷静下来再进行一番思量，或许就会因当时的冲动而懊悔。

还记得上学时，我的导师曾做过这样一个形象的比喻。他说："做人或者做事，就好似麦田里的麦穗一样，愈成熟的麦穗，愈懂得弯腰。或者，我们也可以来个逆向思考，愈懂得弯腰，才会愈成熟。"是啊，瞧那些麦穗，成串打堆的，都颗粒饱满、含胸弯腰，让人快乐欢愉，而稀疏无几，都是挺直身板的，然而渴望收获的人却不喜欢它们。人也一样，往往善于弯腰行礼者，都学富五车、才高八斗，深知自身的不足，还需要更加努力；而相反，目中无人的人却趾高气扬、骄傲自满，自以为很了不起，其实是腹中空空，碌碌无为。

人与人之间，就和麦穗一样，成熟的麦穗懂得弯腰，成功的人永远懂得和蔼待人、平易近人、平等相处。人的一生没有一帆风顺的，都必定会经历各种各样的挫折，放下自身的姿态，用"弯腰"来度过它，学习麦穗的这种宝贵精神。付出不一定会有收获，但不付出就一定没有收获。只有播种，才有丰收；只有努力，才有进步；只有阳光明媚，才有万里晴空；只有时光漫步，走过夏季姹紫嫣红，才有层林尽染，带来秋意满目金黄。只有学会弯腰，懂得弯腰，拥有一种谦虚的表现、一个博大的心胸，你的人生之路才有未来的光芒万丈！

落叶的心思

弯腰拾起眼前这片初秋的落叶，叶子的大部分已经淡黄，但还隐着些许绿意，平添了几分成熟的金色。

和煦的阳光透过叶的间隙洒下参差光影，秋风徐来，树影曼妙，好似一串串银铃在耳畔回响；树叶沙沙，轻轻摇曳，仿佛在弹奏着一首优美温馨的摇篮曲。叶子层层叠叠地洒落，像是给大地铺上了一层绵软的金色地毯，另有一番母性的温淳与柔和，以最美的姿态绽放，诠释着生命的绝美。

忽而微风吹动，我的思绪也随之跌宕起伏。落叶宛如蝴蝶一般翩翩起舞，悠然飘落，那么轻盈，那么洒脱；又好似小船般轻轻地乘风飘荡，向着目标，执着前行；又极像那五彩的雨，漫天飘洒，那么柔软，那么细腻；又恰如窈窕的舞女扭动着纤细的腰身连续旋转，那么迷人，那么惹人遐想……

叶子从手中滑落，在风中不停地起伏摇摆，我猜想它的心情也许会有些许无奈和落寞，充满着不舍与眷恋，似乎在与我告别。

驻足林中，欣赏着多彩的秋意，仿佛自己也变成了一枚落叶。若有若无和是梦非梦之间，看到一群树叶松散地围坐在一起，叽叽喳喳在议论着什么。走近一看，原来是柳树叶、杨树叶、槐树叶……还有一些花草的片叶，大家在轻声地聊天。

只见柳树叶扬起挂着泪痕的瓜子脸，像月牙弯弯的眉毛微微皱着，水灵灵的小眼睛含着羞涩的神情，幽幽地说道："其实我也不想离开，但是我想飞得更远，有个男孩在我的身体上留下了爱痕，我想去找我心爱的他。"柳树叶情深意切的一席话，让大家感到了萧瑟的秋意中，依然弥漫着爱的温情……

柳树叶又用余光偷偷地瞅了一眼身旁的槐树叶，试探性地问道："槐树叶哥哥，你是怎么想的？"槐树叶气定神闲地答道："小妹妹，我很想离开这里，去看远方更靓的美景！"柳树叶听后，慢慢将脸转向了一边，心里恼道："人家暗恋着你，你竟然不理不睬，你这个小呆子，最好现在就飞走！"至此，她心里才明白：缘分是强求不来的。

牵牛花叶拍拍杨树叶："小弟弟，你的想法是？"杨树叶反问道："我怎么成了小弟弟了？"牵牛花叶呵呵笑道："我的名字里有'牛'字啊，我很牛啊，所以我是大哥呀！"杨树叶也笑了："你说得对！至于我嘛，我哪儿也不想去，我不愿离开母亲的怀抱！我要落到树底下，在土壤之中化成养分，滋润母亲的身躯。母亲养育了我，让我看到了这个神奇的世界，我很幸运！所以我要把自己的一切都奉献给母亲，落叶归根，回报母亲，永远不离开伟大的母亲……"杨树叶的话语中充满了愉悦和坚毅。

这时，枫树叶穿着大红的衣裳缓缓地走来，远看如一团燃烧的火焰，那么激情，近看似一幅油彩画，那么绚丽。"停车坐爱枫林晚，霜叶红于二月花。"难怪唐朝诗人杜牧把她描绘得如此美丽。大家的目光都聚焦到了她的身上。小草见状，摇晃着小脑袋高声喊道："枫姐姐，你好美啊！你快说说，你是如何想的？"只见枫树叶脆声说道："无论做出任何选择都要相信自己，随心出发，不惧远行，开心就好，幸福的生活还要靠我们自己去努力创造啊！"枫树叶语重心长的一番话，引起了大家的共鸣。

杨树叶转过身来对我问道："嗨，你是谁？叫啥名字？你说说你的想法。"因为事发突然，我一时语塞，头晕目眩，急睁眼时，才发现自己斜靠在一棵树上，树下和路旁全是各种树的叶、草的叶、花的叶……

瑟瑟的秋风吹起，渐渐生了凉意，叶子恋恋不舍地吻别了大树，用尽最后的力气想要抓住曾经呵护它的枝头。风儿袭来，落叶飞舞，在空中画出一道又一道漂亮的弧线，离别的泪水早已沁润了它的芳身，它似乎还在留恋着往日的快乐和精彩，心中留存着对夏的那份执着和热爱。风儿不明其意，依然固执地将落叶那最后一抹生命的浓郁，飘向无垠的远方，也在传递着我的讯息、我的梦……

大树和叶儿

风儿旋着舞
吹落了叶
大树挺直了身躯

雨竹

慈祥的目光直到望不见叶子回头

也许大树
抵不过风儿执着和热烈追求
不再将自己的孩子挽留
任叶子飞走

也许大树
知道叶子离开是无声的选择
是叶子的命运
是叶子的自由

也许大树
正在默默地祝福离去的叶
不被野火无情焚灭
而有一个好的归宿

也许大树
一直懂得是流年时光的召唤
她的叶儿正以成熟的身心
心无旁骛地奔向未来之路

霞飞处（七绝）

　　秋风乍起，落叶纷纷依依不舍地离开了大树的怀抱，飘向远方。浅黄的叶子像一只只蝴蝶在风中优雅曼妙地打旋起舞……此情此景，在我心中泛起了淡淡的遐思，心生感概，特作七绝一首，聊以纪念：

晚秋浮云掩树梢，
风旋回舞落叶飘。
挥手此去霞飞处，
从容岂惧路途遥。

工作调动小记

　　2018 年 10 月 22 日这天，接到上级的通知，要调动我的工作。我即将离开工作十几年的公司，走上新的岗位。往日里工作忙而不乱的情景，依然历历在目；同事们的关爱和友情，在脑海里时时闪现。回想起来，心里就像打翻了五味瓶，各种滋味交错其中。

办理调动审批手续时，需要逐级找主管领导签字，故而我见到了想要见的人，说出了心中想要说的话。在我即将离开的时候，岁月里所有的记忆变成了一抹最美的笑靥，在我的心田柔柔地绽放……

交接的日期快要到了，略微紧张的气息便在我的内心开始弥漫，还夹杂着些许担忧。担忧之一：我在公司担任行政管理的同时，还兼任着人力资源、资产管理、汽车网销、汽车金融等工作，工作量较大，移交的时间会长一些。担忧之二：接手的人是啥样子？交接工作会顺利吗？为了不出遗漏，我把已经整理好的所有资料再次梳理了一番，为移交工作做好准备。

接手的是一位女同事，她高高的个子，文静中透着秀气，成熟里蕴含干练。移交资料时，她认真地听我讲解，不慌不忙，仔细记录，不懂的地方就虚心求教。几天工作交接下来，看到她思路清晰，细心严谨，很快熟悉并掌握了各项业务。我一颗微微半悬着的心全部放下了，心里格外轻松，相信她会比我做得更好。

闲暇的空隙，用文字记录下了自己近几日辗转反侧的思绪：在我的心里，公司就是大树，我就是她身上的叶子。我原本计划就落在大树的脚下，和其他叶子一起，在风霜雨雪中守护着她。然而面对风儿的热情召唤，我又渴望飞向远方，去看看新的美好风景。带着大树的期望和祝福，我已经完全准备好，去迎接新的机遇和挑战，在新的世界里展现自己独特的风采。

想哭的时候望望天

　　妈妈说我小的时候特别爱哭，稍稍批评几句，大人挑逗一下，或是学习成绩不好，都会哭鼻子。长大了，反而变得更加多愁善感，一张图片、一节文字、一段电视剧情节，甚至是一句话，都有可能让我陷入无尽的遐思，清泪暗流。最多的时候是因为感动，被对方的一言一行、一举一动所感染，也有些时候是因为气愤，还有因为同情却无力相助的时候，气恨自己没有能力帮助他们。

　　想哭的时候，不想被别人发现。夜深人静的时候，找一个僻静的角落，莫名的伤感来临，回忆那些值得留恋的陈年旧事。心情压抑的时候，哭出来也许可以释放自己。但是，哭过之后并不是所有的痛苦都随着眼泪悄悄逝去，内心的孤单和无助还是会不断地泛起一层层涟漪……

　　于是，常常这样提醒自己，想哭的时候望望天，让自己倔强地扬起高傲的头颅，忍住，不让眼泪流下来。相信着，让自己变得坚强起来。我们都是在挫折中长大，都是在失败中成长。路，依旧在脚下，有些事情由不得你去选择，该走的路依然还要走完。累了，就歇一歇；哭了，就忍一忍；烦了，就笑一笑。不要伤心，不想悲怆，不要烦恼，平静地想一想，会觉得自己轻松好多。少了一份痛苦、一份牵挂、一丝忧愁，多了一份理智、一份豁达、一种淡定。

空闲时，常常一人独自漫步在乡间的小路上。在感叹"人有悲欢离合，月有阴晴圆缺"之时，又坚信着"不经历风雨的洗礼，怎能见绚丽的彩虹？"忽然，一股小小的气流袭来，洁白轻盈的飞絮飘了过来，纵便只是一朵，它依然承载着阳光，欢快地飞翔。飞絮像一个顽皮的孩子，围绕在太阳的身旁。飞絮说："太阳就是我的母亲，有了母亲的陪伴，我便没有了孤单和恐惧。"飞絮感到了太阳带来的快乐和踏实，浑身充满了力量，这也是它飞向未来世界的力量。

在工作中，向前辈的学习，和同事的交流，同客户的接触，听领导的讲义，使我逐渐地成熟。我也在偷偷地哭泣中慢慢变得坚强，在傻傻的憨笑中变得从容，在成功的喜悦中体会快乐……

沐浴着明媚柔和的阳光，我开始感恩，感谢大自然所赋予我们的一切，感谢父母把我们带来尘世间，感谢这美好的所有，所有……

学着坚强，人生的道路上处处洒满阳光……

第四种爱

曾经多少个夜里
难以言表的情愫
充盈我的脑际

往昔相互的好感
悄然植根在心里
是喜欢还是依恋
目光在孤寂的夜里游离
随着时间的推移
经常将你忆起
偶尔翻翻发黄的日记
看看往日聊过的话题
时常捕捉你的信息
无法言喻的思绪
翻腾在我的心底
这种感觉让我匪夷所思
令人无法抗拒
知己可求不可遇
爱人可遇不可求
它不是友情却高出友情
它不是亲情却胜似亲情
它不是爱情却超越爱情
我渴望拥有这种爱
我在一直把你等待
我对你的这种爱
我将默默藏在心底
我愿耗尽心血
我用一生把你铭记

一叶知秋的隽美

枫叶沙沙
随风摇曳
倾生命之色彩
渲染了秋色
灵动的思绪
被红叶纷飞的遐思缱绻
缠绵出一份眷恋

小雨滴答
飘飘洒洒
润万物之宁静
增添了生机
柔软的气息
看不清秋娇羞的俏模样
荡漾出一片情怀

五谷飘香
硕果累累
享心情之喜悦

耕耘了收获
丰盈的生命
在平淡沉稳中走向成熟
描绘出一段心路

微闭双目
侧耳倾听
这一叶知秋的隽美

相　聚

——写在2010年11月13日中学同学聚会之后

　　"别管以后将如何结束，至少我们曾经相聚过，不必费心地彼此约束，更不需要言语的承诺，只要我们曾经拥有过，对你我来讲已经足够，人的一生有许多回忆，只愿你的追忆有个我……"当《萍聚》这首熟悉而又亲切的旋律在耳畔响起的时候，我的心也跟随着音乐的节奏跌宕起伏，思绪被拉回了半年前……

　　一个阳光明媚的下午，突然接到一个十年未曾谋面的中学同学打来的电话，很是诧异。问明缘由，说要聚会，已经订好了时间，问我有没有空。当时只因我有事未能参加，错失了相聚的机会，现在想想，很是惋惜。

半年后，一个清新的早晨，我乘车赶往我的故乡——河北省唐山市滦县。一路上看着窗外的靓丽风景，村庄和城市也逐渐变得渺小，从眼前一一掠过。汽车平稳地行进，我和大多数乘客一样打起了瞌睡。"铃……铃……铃……"一串急促的电话铃声扰乱了我的清梦。电话是一个同学打来的，只是一句轻声的问候。猛然间，想起了上一次未能参加同学聚会的遗憾，趁此次回家的机会，我为何不组织一次呢？

　　放下电话，我开始在一片模糊不清的记忆中搜寻有关的些些许许，一片空白中，突然发现，毕业后，十几年的时间过去了，有联系的同学竟然寥寥无几。马上给亲近的几个同学打电话！接通电话的每一次我都很激动，不停地告知大家：能联系上的同学尽量都联系上，今晚我们要聚会！瞬间的一个决定，令大家都有些猝不及防。

　　晚6点，我准时定好了包厢，焦急地等待着同学们的到来。脑海里又开始浮现出上学时的情景、同学的容颜……没有多长时间，同学们一个个如约而至。见面了，既陌生又亲切，相聚的那一刻，除了寒暄就是拥抱，我和他们的距离是如此的贴近！属于我的记忆在一点一滴的回溯中变得清晰起来。

　　围桌坐定，酒菜上齐，作为组织者，我先来了段开场白，然后由班里人气最高的老陈给大家做了一次简单的逐一介绍。同学们互相问候着、畅谈着，其乐融融，诉说着陈年往事，嬉谈着那时青涩的青春萌动。期间还开了几个那时大家认为互有意思的同学的玩笑，大家无拘无束，轻松愉快地进行着，餐桌间不时迸发出爽朗的笑声，一切都在相聚的时刻里变得异常温馨与和谐。

　　有的同学说："亲情、友情、爱情之间，最能经得住时间考验的就是友情！"的确，这世上最不能磨灭的情感就是友情！

　　友情，多么美丽的字眼儿！花样的年华、青春的魅力、淡定的成熟……十几年之后，尽管岁月苍老了容颜，外表发生了很多改变，但始终如一的是那一颗颗完好如初、善良纯洁的心灵。我开始感念，那些流经的平凡纯真的日子，那年那月我们凝结而成的友谊，无论过去多久多远，依然是那么记忆犹新，依然会心动落泪，依然让人深深怀念。在若干年后的某一天的某一刻，每个人在心底深处储存的那份美好与纯洁会悄然绽放，芳香而久远，期待我们的再次相聚。

相聚的日子总是如此的短暂，到了结束的时候，大家还都意犹未尽，互相留了电话号码，开始约定下一次的相聚。分别，使我们思念的树从指间成长起来，化作绕指柔。无数个日日夜夜我们把相聚浸泡成衣裳，挂在希望的枝头晾晒！因为分别，我们在不断寻找中满怀希望，尽管杳无音讯、遥遥无期……

短信寄托的思念

闲暇时很喜欢玩弄手机，浏览一下网页，看看新闻趣事，听听美妙的音乐，尤其是爱不停地翻看朋友发来的短消息。亲情、友情在短信中轻快地传递，真诚的问候，淡淡的思念，深深的情谊，幽默的玩笑，常常汇聚其中，让我感动，让我快乐。

在被信息化笼罩的年代，智能手机早已成了人们生活中必不可少的一件通信工具。紧张忙碌的工作之余，给亲朋好友打个电话或是发个短信，唠唠家常，叙叙友情。很多人喜欢以这种便捷而又轻松的方式来维系，增进情谊。无疑，短信也随之成了人们的新宠。

　　每次听到手机短消息铃声响起时，我都会迫不及待地查看。收到有趣或者实用的短信，我都会保存下来，逐条品读那句句字字，字里行间流露出来的关心、提醒、指示……时而忧伤时而深思时而微笑，瞬间的感动让我开心让我幸福让我眷恋。对此爱之惜之，在手机会储存很久，直到储存箱已满才不得不删掉。大多时我会转发给有需要的人，一起来分享这份独有的快乐。当收到一些无关紧要的垃圾短信时，心头也难免会有些失落感。然而期待照样依然，下一次铃声响起时，心头同样会掠过波澜，看到那一行行温馨的话语呈现在眼前时，自己则如沐春风，微笑也会荡漾在脸上。

　　2011 年的端午节，恰逢是一位好友的生日。在端午节的前一天，我给他发了一条短信："晚上记得吃面条！"朋友给我回复："发错了吧？晚上要吃粽子！"我莞尔一笑，又回了过去："明天是你的生日，今晚当然要吃长寿面了！顺祝端午安康！"几秒钟后，朋友给我打来电话说："没想到你还记得我的生日，我真的好感动，谢谢！"从话音中，从语气中，我感觉到了电话那头的真挚，在内心涌动的同时，也分享了他的欢愉。

　　一句真诚的问候，对于孤单寂寞的人来说是一种温暖；一个短信息的坚持，对友好平和的人来说是一种快乐。一个小小的举动，在给别人带来温暖的同时，自己也无比的快乐。被人牵挂是一种幸福，而有人牵挂又何尝不是另一种幸福呢？

　　牵挂你的人，也许是慈祥的父母，也许是"执子之手，与子偕老"的亲密爱人，也许是关心帮助你的朋友，也许是和蔼可亲的领导，也许是朝夕相处的同事……平日的工作和生活中，无论我们再忙，也不要忘了他们，空闲时发个短信息，代表我对你的牵挂……

抓 阄

"呜呜呜……"儿子委屈地哭着从洗手间跑到厨房，扑在了我的怀里，"妈妈，妈妈，姐姐洒了我一身水，她还打我……"我顿时火冒三丈，急忙放下手中的勺子，高声向女儿喊道："楚楚，过来！楚楚，过来！怎么回事啊，又欺负你弟弟了？"

女儿跑过来匆忙辩解："妈妈，妈妈，我没欺负瑞瑞，也没往他身上洒水，您别光听他的一面之词。我正在那儿洗手，他突然挤进来，自己被门框碰了一下胳膊，又和我抢着洗手，衣服不溅上水才怪！""瑞瑞，是这样吗？"我问儿子。只见他微低着头不说话，轻轻地向后挪着脚步。

女儿见状，白了他一眼："明明是自己的错，你还有理了，不依不饶的，就知道告状！"谁知，儿子一反常态，哼哼一声道："我讨厌你！"我赶紧把俩宝拉开，否则一场新的"大战"不可避免。

当做好的晚饭摆上餐桌，我故意在孩子们面前摆出一副愁眉不展的样子，以缓解刚才的尴尬气氛，嘴里念叨着："明天早餐吃什么啊，真发愁！"

"妈妈，我要吃大米粥！"一向口齿伶俐的女儿立刻抢过话头。

"妈——妈——您把耳朵凑过来。"在一旁的儿子拉低了声音，用小手扯了扯我的衣襟。我扭过头去，用温和的眼光望着他，忍不住扑哧一笑："瑞瑞，你想吃什么，直接说嘛！"瞧他这胆怯可怜的模样，准是被女儿刚刚的阵势吓到了。

儿子紧紧地贴在我的身旁，低着头，用余光瞟了一眼他的姐姐，从牙缝里挤出一句话："我想吃方便面。"

"方便面有什么好的，听很多大人说，还有火腿肠、辣条等都是垃圾食品，没有营养，可大米粥养胃可口，还含有丰富的B族维生素……"女儿赶紧接过话茬。

"噢，大米粥、方便面，大米粥、方便面……"我嘴里一遍又一遍地重复着，刻意装出一副左右为难的姿态。

女儿见状，立即跑过来双手挽住我的胳膊来回晃动着，小鸟依人般撒娇道："妈咪，妈咪，就吃大米粥嘛，吃大米粥好不好嘛？"我的心就像是一罐蜜被这娇滴滴的声音融化了，一下子抱住了可爱的女儿。

"就是好！就是好！我就喜欢方便面的香味、辣味、海鲜味……"儿子说完，马上双眼泛红，脸颊嫩白的肌肤上泛起了淡红色。"瑞瑞——"我话音还没落完，只见他的小脸上泪痕交错，抖动的睫毛上也沾着泪水，仿佛嫩绿的草茎盈满露珠，瞬间如珍珠般一颗颗从他的眼眶里滚落了下来。

看到瑞瑞又哭了，女儿赶紧提议："妈妈，咱们用抓阄的方式公平决定怎么样？"又接着说："我看到过一本书，清朝的政治家何启说过，'公者无私之谓也，平者无偏之谓也'，我可不想让弟弟总说我欺负他年龄小！"

"好好好，这主意不错。快去搓两个小球来，一个写'大米粥'，一个写'方便面'！"我一边喊女儿去做准备，一边蹲下身子，抚摸着儿子的头，为他轻轻擦拭着腮边的泪水，笑道："小宝贝儿，别哭了啊，别哭了，就让你先来抓阄好吗？"此刻，一双清明澄澈的目光与我对视。

　　两个揉搓好的小球摆放在了餐桌上。儿子高兴地拿起离自己最近的那个纸球。"哇，你抽中了耶，是方便面，方便面！明天早上我们就吃方便面啦！"我高举着纸球，故作惊喜地向儿子喊着。只见他破涕为笑，冲我眼前挥了挥手，一溜烟儿地跑回房间里玩游戏去了。

　　我缓缓地拆开另一个纸球，"方便面"醒目的三个字映入眼帘。夜，寂静极了，听得见自己的心怦怦地乱跳声，那一刻感动与愧疚交织在一起，涌上心头。原来是我误会了女儿，眼睛即刻湿润了。我抬头将欣喜的目光转向女儿，她狡黠地冲我眨眨眼睛，又飞快地嘟起小嘴送上一个飞吻："我也去写作业啦！"

　　睡前，我带着好奇的心情问女儿今天为什么这样做。她说："我今年已经12岁了，小弟才6岁，有些事情他不太明白。他虽然调皮捣蛋，但我是姐姐，当姐姐就应该让着他呀，而且弟弟是我一生最亲的人。"我会心一笑，连忙给女儿送上了十几个香吻。温馨的爱意和幸福的味道弥漫了室内的每个角落。

快乐的小懒猫

好想做一只小懒猫
每天都有阳光照耀
累了就舔舔毛伸伸腰
困了就眯眯眼睡睡觉

雨竹

喜欢在主人的怀里撒娇
喵喵喵的歌声轻轻萦绕
陪你在太阳下开心奔跑
陪你哭陪你笑陪你嬉闹
那么自在那么逍遥
那么温馨那么美好
要让全世界都知道
我是一只快乐的小懒猫

为儿子写名片

儿子瑞瑞，2018 年 9 月成了一名一年级小学生。11 月 22 日，班主任要求每个孩子上交一篇个人名片、上学后的感想收获或在学校发生的趣事等此类的小文章，再搭配一张与其内容相贴合的照片，集结出本以《我上学了》为主题有纪念意义的小册子。老师诚邀我为这本册子写几句话，不便推辞，几经斟酌，决定把学校、老师和家长对孩子们希望，写下几句，权当这本册子的小序吧。小序和瑞瑞名片如下：

小　序

金秋时节，花香飘荡。唐山市某小学，在旖旎秋光的簇拥下敞开七彩斑斓的大门，迎来了一批新的小朋友。

在明亮的教室里，孩子们将会在老师们认真细心地教导下，探索未来新奇的世界；在宽敞的操场上，在运动中享受快乐，在快乐中强健体魄；在安静的图书馆，孩子们尽情地在书海中徜徉，把读书养成一种习惯，让求知的种子在心里悄悄扎根。

用感恩心做人，用责任心做事。这是某小学一直倡导的教育理念。在学校，每个小朋友必将都能快乐健康成长，开启新的美丽人生！

瑞瑞名片

我叫瑞瑞，今年 7 岁，2018 年 9 月份，我上学了！妈妈说我是男孩中的调皮鬼，妈妈还说：活泼是我的天性，聪慧是我的特点，认真是我的性格，阳光是我的招牌。妈妈对我上学期望可高了，未来路上，在老师和爸爸妈妈的悉心教导下，相信我这支蓓蕾必将在某小学悠然绽放！

忙碌也是一种幸福

每天清晨 6 点，就被闹钟吵得不得安宁，我很不情愿地关掉闹钟，却又不得不按时起床。

喜欢懒洋洋地睡在又宽又舒适的大床上，沐浴着阳光，十分惬意。很想拥有这样的生活，但是现实却离我很遥远。不知道别人的生活是不是和我一样？总感觉时间不够用，每天被忙碌填满，似乎总有干不完的事情。紧张而又忙碌的生活时刻缠绕着我。

心情就好像天气，时而阳光明媚，时而细雨飘飘，时而轻松舒畅，时而乌云密集……可是，当静下心来想想这些琐碎的事情，其实忙碌的生活也是一种享受，忙碌会让你觉得充实，让你感到满足，让你不再颓废。

写日记的习惯，我坚持了很多年。忙里偷闲时，我又细细翻阅了以往的日记，充实愉悦的心情由心底慢慢溢出来，嘴角也不由自主地上扬。一次难忘的糗事，一个不经意间的小笑话，一次深刻的经历，一个幸福的瞬间，一次温馨的感动，一次快乐的游玩，一次朋友间的畅谈……庆幸自己在那些忙碌的点滴岁月里，用自己的方式记录下了简单的快乐，把快乐也定格在了那个瞬间。就这样在忙碌中积淀着，用日记记录着自己生活的琐碎趣事，留给自己，留给岁月。

忙碌会忘却烦恼，脸上洋溢着微笑，不再去理会那些与自己无关的事。工作十几年来，这样的忙碌一直充实着我的生活。现在细细回味，很感谢我的领导和同事，正是因为当初的忙碌而为今后的工作奠定了坚实的基础。在忙碌中我与同事朝夕相处，感情倍增；在忙碌中与领导和谐相处，让我悟到了很多的人生哲理；从忙碌中我提升了自己的工作能力，积累了更多的宝贵经验。我的勤奋努力，得到了大家的认可，就单凭这一点，再忙也是幸福的。

为了生活而忙碌，为了忙碌而生活。在忙碌中充实着，在忙碌中幸福着。

一次难忘的晚餐

在现代快节奏、紧张、高负荷的社会里，人们几乎都是在各种各样忙碌的工作中度过的。下班后，最令人享受和期盼的，便是与家人围坐在餐桌旁，一起吃着母亲做的可口的饭菜，一起说说在身边发生的大事小情，聊聊生活中的烦恼。一家人开开心心，其乐融融，是何等的惬意啊！

其实父母对儿女别无所求，只是希望孩子健康平安，快乐成长。"儿行千里母担忧。"当父母一直等到子女安全回家时，那慈祥的微笑，心疼的抚慰，顿时让疲惫消失很多，全身心都会觉得温暖、舒坦。能和家人聚在一起吃顿饭，便是最大的幸福。而我们恰恰是生活在这样的氛围，每天都有不同的体验与感受，简单并快乐着，这就足够了。

近段时间，离家不远的一条马路正在翻修。上下班都要往返于拥堵不堪的街道，心情偶尔也会变得焦躁不安。此时已入深秋，早晚气温较低，落差较大，等到下午6点下班后，天已擦黑，自己还要开车半个多小时才能到家。

那天，我像往常一样，下班开车回家。当车子行进到离家十公里左右的十字路口时，看见前面的车辆黑压压的一片。心里不禁咯噔了一下：不好，又堵车了！果不其然，前面的路口被堵得水泄不通。此时，司机们开始躁动起来：连续鸣笛的，加塞抢道的，探头张望的，下车抽烟的，慢慢挪动的，安心听歌的，弃车步行的……

望着眼前的情景，我心急如焚，赶紧拿起手机给母亲打电话："妈妈，妈妈，堵车了，您别等着我吃饭了，不知道几点才能到家。"母亲不紧不慢地说："还没有炒菜呢，不急，等会儿吧。"过了半小时，前面的路丝毫没有松动的迹象，无奈之下我将车子熄了火。立刻再次给母亲打电话，催促他们先吃，别再等我了，况且家里还有两个小孩儿呢。我拼命解释，可母亲就是不听，还说："再等等，再等等吧，不打紧的，晚上也没啥事儿，没准一会儿就通车，一块儿吃饭多热闹啊！"

这时，暮气渐浓，夜色朦胧。月亮和星星已经来"上班"

了。星星顽皮地眨着眼睛。月亮慢悠悠地抚弄眉毛。道路两旁的盏盏路灯也次第亮了起来。万家灯火与天幕上的星月相互辉映，静静地照在这条拥堵的街道上。眼前的景象让我忘却了一时的烦恼。转眼看到路旁很多的商铺已经陆续打烊了，前方的路仍然堵得死死的。我又急又气。急的是，车子怎么也开不过去。气的是，怎么劝老人就是不肯先吃饭，一家人都在饿着肚子。等到第三次打电话时，已是晚间八点多了。当电话那头传来母亲"哦哦哦"温和的应付声时，泪水早已润湿了我的眼眶。直到接近夜里9时，我才如释重负地回到了家。

刚到楼口，恍惚间我看到了一个瘦弱的身影在晃动。定睛一看：是母亲！我立即跑上前去，关切地问："妈，您看天多冷啊，您怎么站在门口，应该在里面等我啊！""嗯，这楼道太黑，你眼睛有点近视，又不爱戴眼镜，怕你进来时看不好路，我出来拧开灯泡，谁知这灯泡烧灭了，幸亏还带了个手电筒呢！"因我家住的是一栋四层老楼，楼道里的灯需要手动才能打开。看到母亲眼神里流露出来的担忧，还有为她的"有备而来"得意的神情，我再也控制不住自己的情绪，身子侧向一边，眼泪夺眶而出。"你还在那儿傻站着干什么，回家吃饭呀！"母亲一喊，我猛地回过神来，急忙扭过脸颊，抹掉眼角上的泪水，顺势用一只手挽起她的胳膊，答道："走，走，走，我们一起快回家！"

当晚用餐时，父母不时地往我碗里夹菜。母亲嘴里还喃喃着："这是你最爱吃的，累一天了多吃点，在家吃顿热乎乎的，只有亲眼看着你吃饭，只有跟你和孩子在一起吃饭，我和你爸才能放心啊！"父母对儿女无微不至的关爱，如同这次晚餐里香喷喷的饭菜，浓浓的爱意弥漫整个身心，房间里萦绕着幸福与和谐。

窗外，天边的星星向我微笑，如银的月光为我沐浴。我的内心平静安然，今晚一定会做个甜甜美美的梦。

特别的诗篇

每每经过
你办公的地点
我都忍不住多望它几眼
不知你的身影
是否还在那个窗前
内心莫名的伤感
犹如朦胧浅浅的天
熟悉的电话号码
按了又按
颤抖的手
却无法拨出发送的键
忙碌的工作
占据了你的空间
心儿也渐行渐远
一个人
享受着思念后的孤单
只想与你
静静地坐在阳台边
轻声吟诵
特别为你写的诗篇

第四辑
冬 望

诗意的冬日，

如火的阳光，

晶莹的白雪，

诱人的梅花，

在严寒里集结成美妙的华章。

——《雪花的记忆》

冬　望

　　太阳消失快两天了。

　　初冬的原野，在不薄不厚的乌云映照下变成了一幅淡淡的水墨写意画。今晨大雪后，天空一直阴着。寒风拽着雪花时而打旋，时而跳舞，却让人高兴不起来，忙碌中心情有点说不出的些许压抑。快到下班时间，突然有人喊道："太阳出来了！"回家的路上，我站在湖边，对着太阳喊道："暖阳阳，这两天你和谁去约会了？你去哪里逍遥啦？还是懒觉睡得过头啦？"太阳轻声说道："嗨，我不叫暖阳阳，我是太阳！我没去和谁约会，也没去什么逍遥，更没睡懒觉，是乌云姐姐一直拦着我，说什么让我休息休息，免得耗费光能。"我假装生气地说道："你就是找借口不出来，把我忘掉了！"扭过脸来不再理它。太阳默不作声，慢慢转到我的面前，闪着眼睛歉意似的放射出一束束柔和光芒倾泻在我的身上。站在橘红色的光圈里，静静地看着太阳在天空中斜斜地、悠悠地向西滑去。

　　目光收回来，突然被眼前这"忽如一夜春风来，千树万树梨花开"的诱人景色迷住了。棵棵树上挂着雪花，些许茅草也披着银衣高傲地挺立着，好一个粉妆玉砌的世界！不是梨花却胜似春天之梨花！树枝白了，房顶白了，山河白了，原野全都白了。眼前这美丽圣洁的雪景，让我想起了前两年写下的一首小诗："大地苍茫玉屑飘，银装素裹几多娇。山水无言蕴飞翼，来春乘风舞妖娆。"湖面结了一层晶莹剔透的薄冰，在这寒冷的冬日，还能隐约看到冰下清澈蠕动的水流，鱼儿似乎还没有感觉到冬天的来临，依旧欢畅地在水里游来游去。湖中枯萎的残荷早已红粉褪去，叶子枯黄。我知道：即便是被无情的风雨摧残，剩下瘦骨嶙峋的荷秆；即便是折弯了曾经纤秀的腰身，但它仍然挺立水中，把根基牢牢地扎进河底，在严寒里坚守重生希望，期待着生命不朽的轮回。

极目远眺：迤逦不断的山峦被皑皑白雪覆盖，如同大海卷起的滔天巨浪。遥远的天幕中呈现出稀疏碧蓝，恰似空灵透彻的蓝翡翠，在轻柔的夕阳中闪耀。山上的松柏手中托着冬日馈赠的"奶油蛋糕"，树的枝丫挂满了银花，显得更加苍翠挺拔。寒梅与瑞雪为舞，伴着脉脉馨香，见证着独有的洒脱和刚毅。一排排整齐有序、素雅古朴的房屋错落在山脚下，好似盖上了一层厚厚的白絮，静谧中透露着安宁，安宁中洋溢着祥和，给大地增添了一种冬日里特有的温情。村上一缕缕炊烟袅袅的升起，有的直上云霄，欲与太阳接吻；有的弯弯曲曲，在山林之间环绕；有的东倒西歪，似乎急于离开村庄飘向远方。不久，炊烟像是被雪气净化了一般，渐渐弥散在明净的苍穹中。

忽而一阵冷风袭来，寒气彻骨。我立刻裹紧了外衣，加快了回家的脚步。特别喜欢在冬日里蜗居在家，静美和煦的阳光中浸透着缠绵，肆意地倾泻着房间的每个角落，不时地播放一段怡情舒缓的小调，偶尔随之哼唱几句，微闭双眸，随着曼妙跳动的音符与冬日共舞，轻扬着我的心扉。微风拂过面颊，温柔地穿过全身，酥酥痒痒的，每个细胞仿佛都舒展开来，贪婪地吮吸着每一缕阳光，无比的轻松和惬意。

在家里，随意靠在绵软舒适的沙发上。小憩之后，随意摆弄起手机，刷新一下微信朋友圈，晒娃族、自拍族、晒吃喝玩乐、晒心情、做商品推销，评论的、转发的、点赞的……繁杂的信息琳琅满目，各式各样。朋友圈内的各类消息勾起了我的无限遐思：有朝一日，闲下之时，我要开个冰激凌小铺，制作好多品种，如水果的、坚果的、奶油的、巧克力的、香草的……店内设有书阁，摆满旧书，供人赏阅；再置一个茶几，满屋飘着馨气。还有休息长椅……待到炎炎夏日之时，嘴里吸吮着一支淡淡的、甜甜的、凉凉的冰激凌，定会怡然自得，回味无穷。在书架下与好友低声轻谈，袖袂之间携着几分清悠，爽快之余，令之心房满溢，于闲暇中品味人生，分享快乐。

试想：独倚小店的窗前，阳光斜照，手捧一杯清茶，静静地品着一本书，跟着点点金光在字里行间舞蹈，微抿一口，唇齿留香，让指尖沾染上淡淡的油墨气息，让唇角回绕上涩涩的茶香，即便是到了寒冷的冬季，也会倍感温暖，在那最美的时刻，重温着每一个怦然心动的瞬间。

思绪徜徉，总有一些情愫简约明媚；萦绕脑际，总有一些温馨感动的记忆，滑过心田。此刻，最想约上心头所牵念的那个人，或是相视而坐，品茗读书，吟诗作对，聊侃往事；或是驾车兜风，漫步沙滩，畅游山水，田间写生；或是约来知己，会于小店，温习旧情，展望未来；或是轻挥笔墨，涂抹丹青，淡茶烈酒，畅谈人生；或是重温女红，悠悠乐哉，岁月静好，安之若素。

永远朝着阳光

　　葵花籽一直是我最钟爱的零食。无论是休闲还是娱乐，我常常把它嚼在嘴里，在品尝人间美味的同时放松心情。

　　小时候在农村老家，妈妈在自家院里种下多棵向日葵。向日葵生长的过程中，我总是围在它的身旁，期盼它快些长大。秋天到了，妈妈带领我和弟弟，小心翼翼地把成熟的葵花籽收留起来。家里来了客人，妈妈就会拿出一些最好的葵花籽炒熟，热情招待。每当妈妈把葵花籽放入锅里翻炒时，那种独特的清香立刻四处弥散开来。一闻到那种香味，便让人垂涎三尺。把尖尖扁扁的葵花籽仁儿嚼在口里，它的香气沁人心扉，回味无穷，吃了还想吃。对葵花籽的特别青睐，是妈妈带给我的难以抹掉的童年记忆。

　　令人喜爱的葵花籽，是向日葵历经风雨，付出艰辛后的成果。对于向日葵而言，不是因为它那太过绚丽的色彩让我喜欢，而是因为它那一种不屈不挠，永远朝着阳光的不同凡响的精神吸引着我，影响着我。

　　烈日下，一株株高傲的向日葵，扬起它那生机勃勃的小圆脸，即使饱受着太阳的炙烤，也要追逐着阳光，默默地生长。当第一缕曙光从它的眼前慢慢升起，就如同自己生命的起点；当夕阳西下，又把它当作短暂的小结。它坚强、执着、奉献，它有一个纯洁的灵魂，心灵从未受到过世俗的污染，让我为之震撼。

向日葵的生长，是寂寞的，然而是微笑着；是悲怜的，却充满着欢愉；是坚韧的，但不失倜傥洒脱。我们都喜欢抬头仰望，看看蔚蓝色的天空，漂浮的朵朵白云在和煦的微风中翩然起舞，变幻着各种各样的形状。艳阳高照时，眼睛会被火红的太阳射得生疼，刺得连眼皮都打不开。人们早已躲进了房屋中，而向日葵却比我们坚强，不惧太阳的炎热，依然顽强地挺立生长着。

走在漫长的旅途中，人生起起伏伏。伤心了，难过了，总是要哭上几次，擦干眼泪，才能感悟到笑的真谛，带着最初的梦想继续前行；失败了，灰心了，从中汲取经验教训，避免重蹈覆辙，才能懂得成功的艰辛和意义。许多事情，只有经历了才会明白。

我们小时候学骑自行车，一次次摔倒，一次次爬起，痛着，笑着，一次次继续练习，最终，小小的自行车在我们的手中，像被驯服的小鹿驮着我们向前飞奔，向着希望的前方行进。挫折中，不要自怨自艾，要坦然面对，消极的人生只会让你丧失信念和勇气，变得越来越卑微，积极的人生能够让你燃起对生活的信心和希望。所以，即使要悲伤，即使要流泪，也要像向日葵那样迎着太阳很努力地微笑。

我们的整个人生，就像一株株向日葵，把握生活命运，坚定必胜信念，努力地向着温暖的阳光，向着蔚蓝的天空成长，直到走完整个生命的历程。

人生莫要留遗憾

记得小的时候，大家都读过一篇《小马过河》的课文。讲的是小马要穿过一条没有桥的小河送粮食，小马不知水的深浅，犹豫不前。牛伯伯说水很浅，而小松鼠说水很深。这时候，老马鼓励小马，只有自己亲自试过才知道，你何不向前迈进一步，试试水的深浅？小马听了老马的话，打消顾虑，向前迈出一步，最后安全过了河。

这则故事告诉人们，任何事情只有自己敢于大胆尝试，才能明白真相。要有不畏艰难，勇于探索，勇敢地向前迈出一步，就离成功近一步。

人生在世，每一个人都要经历生活的酸甜苦辣，体会日月交辉的多彩，尝尽世间人生百态。你可能是刚刚步入职场的新人，有着一股初生牛犊不怕虎的闯劲儿；你可能是阅历资深的老员工，有着满腔的热情和丰富的工作经验。你可能落寞过、彷徨过、挣扎过，或许孤独无助、或许原地徘徊、或许摔倒了又爬起，可你曾想过，为何不大胆地向前迈一步？

当你面对一个陌生的环境从事一个全新工作的时候，对未来充满了不可知的恐惧感和不安全感。就像我们熟知的蹦极这个挑战极限的运动，其实它就是一个挑战自我的过程。在电视中曾看到，在体验蹦极运动后的人，发出了这样的感受，他说："在还

155

没有移到跳台前的时候，心里很害怕，但是一旦鼓起勇气站到了前面，反而会变得很轻松。在往下蹦过程中，还能从容地饱览崖下的风光，体验到一种战胜自我的快感。事情往往就是这样，一旦下定了决心，就会发现，这带来的不仅是全新的挑战，也会有全新的收获感和成就感。"那么，当你濒临困境时，想想蹦极，咬牙，闭眼，豁出去，纵身一跳，你所爆出来的潜质，一定远远超乎你平常的想象。

人人都渴望成功，向往荣耀，可当机遇之门向你敞开的时候，你，勇敢地向前迈一步了吗？机会其实是会青睐于每一个人的，它不偏不倚，而成功与否则完全取决于你对它的态度。当机遇之门敞开时，你能勇敢地迈前一步，便赢得了幸运，不要等到错失良机再追悔莫及。人生的舞台期待你的闪亮登场，去展现辉煌的未来。

相信自己，肯定自己，亮出自己，超越自己。让心灵永远保持青春，以激情奔放为主旋律，谱写出一首靓丽的青春之歌。勇敢向前迈一步，人生莫要留遗憾！

冰窗花

一阵剧烈的摇晃把我从梦中唤醒。没来得及睁眼，耳畔就传来五岁儿子急切的呼唤声："妈妈，快起来！妈妈，不好了！大雪把姥姥家的房子埋住了，我们被关在屋里不能出去了！"我的睡意犹浓，半睁眼帘，看见玻璃窗上白花花的一片，朦胧中还真的以为被冰雪围住了，略略有些吃惊。急忙睁开双眼，定睛一看，原来是冰窗花。

我披衣起床后，轻声笑着对儿子说："瑞瑞别怕，那是冰窗花，不是大雪把房子埋住了。"儿子放松下来后急忙问道："冰窗花是什么？它怎么长在玻璃上？要给它浇水吗？它在冬天里不会被冻坏吧？它能天天开花吗？"也难怪儿子问一连串的问题，我家在市里一直住的是楼房，因为暖气供应的温度较高，冰窗花是不会出现的，对于孩子来说当然是一无所知了。前两年，都是在暑假和秋季带着孩子回老家。今年春节前几天，我带着儿子回到农村老家看望母亲，决定小住两日，让孩子体验一下冬日里农村的生活气息。第一次睡在冬天里热乎乎的土炕上，已经让儿子感到新奇和兴奋了，眼前这洁白多姿的冰窗花，更让儿子惊诧和着迷。

我告诉儿子："这些冰窗花，只有冬天特别寒冷的时候才能见到。""可它是怎么来的呢？咱们家里为啥没有？"小家伙兴趣盎然，刨根问底。我耐心地向儿子解释："由于冬季的室内外温差很大，室内水蒸气或小水珠遇到冰冷的窗玻璃时，就会在玻璃上的尘埃周围结成冰晶。屋里边温度较高时，也不会出现冰窗花。比如咱们家的楼房里温度高，就不会出现冰窗花了。还有，最初这些冰晶也像雪花一样，呈六角形，然后逐渐扩大向四周发展。这是空气由气态转变为固态的物理过程，其形状具有不可复制性，进而能够形成各种各样晶莹奇妙、美轮美奂的图案——冰窗花。等你长大了，好好上学，有了知识，还会知道更多奇妙的事情呢！"儿子似懂非懂地点了点头。我怂恿儿子仔细地看看冰窗花，还可以用手摸一摸它。还告诉他从外面看看冰窗花还很特别。"真的吗？"儿子一边问道，一边用柔软的小手去摸，一触到冰窗花，就留下两个小掌印。我让儿子对着冰窗花吹了一口气，马上出现一个小洞。孩子惊喜地叫着，随后急忙穿好衣服，一只鞋子还半趿着，就匆忙下炕跑到了外面。须臾，玻璃窗上出现两只小手掌的影子，在中间的那个小洞里，儿子的一只眼睛透过玻璃窗向我挤弄着……

看着儿子欢快跳跃的样子，刹那间把我拉回到了纯真的儿提时代。记得小时候，我和弟弟第一次看到冰窗花，就被她那奇妙的造型迷住了。我和弟弟蹲在土炕的窗户前，用手托着下巴看着窗花，小脑袋里漫无边际地遐想，勾勒着心中的童话世界。看久了，就开始调皮起来。我也曾尝试着用鼻尖贴到凉凉的玻璃上，然后撅起小嘴轻轻地哈哈气，薄薄的一层冰瞬间被融化，玻璃上就出现一个圆圆的小洞。天气太冷的话还会再结冰，我完全顾不上袭来的凉气，用手指一点点划开，身体的温度改变着窗花，不断地给窗花造型。而弟弟呢，用火柴棍、筷子、白菜叶等在窗花上勾画、涂抹、粘贴，不一会儿，窗花上就出现了花儿、房子、小狗、小船……还有一个个小手印、小脚印。对于这些即兴创作，我和弟弟还得意地向对方讲解、争辩，兴奋时手舞足蹈地相互追逐，一阵阵欢笑声在房间里回响。完全忘记了冻红的鼻尖和小手。当太阳升起的时候，温度慢慢地升高，冰窗花逐渐消融、模糊，变成一条条水线，化作水珠滑下，冰窗花一点一点地在消失。我望着玻璃窗发呆，弟弟急得边跺脚边带着哭音喊着："冰窗花要走了，姐姐你快想办法留住她！"妈妈接口道："不要紧的，今天晚上她们还会来，明天早起就可以看到的。""真的？"我和弟弟简直不敢相信自己的耳朵。到了第二天，我们果真又看到了冰窗花。而且还惊喜地发现：玻璃上残留的那些"涂鸦"，和这次来临的冰窗花混在一起，留下了更为奇特的造型。冰窗花带来的独有的快乐就这样深深地印在了难以抹掉的记忆里。

我喜欢冰窗花的瑰丽，惊叹着它的神奇与诗意。这一幅幅天然结晶的冰窗花，在大自然鬼斧神工的精心雕刻下，形态各异，栩栩如生，如诗如画，让人赏心悦目。有的如同耀眼夺目的孔雀开屏，仿佛置身于静雅幽林；有的犹如冰雪中的寒梅，不畏严寒，傲然怒放；有的好像璀璨飞舞的烟花，绚丽多姿；有的恰似浩瀚海洋里的鱼儿，自由自在地畅游；有的宛如枝繁叶茂的大树，撑开一把大伞为人们挡风遮雨；有的就是缥缈的云朵，漫无边际地游动；有的极像那连绵起伏的山峦，望不尽的景致让人流连忘返；有的好似古朴的亭台楼阁，展现 20 世纪的诗情画意；有的堪如小桥流水人家，江南水乡的画面近在眼前……

　　冰窗花用单纯的洁白凸显着生命的高雅，用沉默谦逊的心态展示着冰雪世界的无言，用柔若晶莹的纤体描绘着多姿的舞韵，用短暂即逝的光辉绽放着自己独有的绝美，成为冬天一道独特靓丽的风景线……

忆陈事（七绝）

　　周末晚上，朋友小聚。小酌几杯，微有醉意，忆起陈年旧事，随即写下一首七绝：

　　　　　　笙歌曲款萦山间，
　　　　　　与朋月下沽酒酣。
　　　　　　醉意朦胧忆陈事，
　　　　　　梦醒方知难复还。

雪花的诱惑

清晨从酣睡中醒转，微睁惺忪双眸，任凭指尖在紫色窗帘上游走，随意拨弄间，一缕若隐若现、袅娜柔和的晨光透窗折射，似乎在尽情舞蹈，我定睛一看：一片片银屑轻轻地穿过光幕从空中飘落。啊，下雪啦！

伫立窗前，极目远眺，群山巍峨，在雪花翩跹的舞姿中仿佛啁啾跳跃的白头翁，俯瞰着苍茫的大地。如镜的湖面，铺上了一层白纱，在雪花的襁褓中轻轻入梦。雪花随风飘舞，不停地扑向我的窗，似乎在索要那张能够打开房门直通室内的通行证。极喜欢这若隐若现的绵柔，就像这调皮的精灵披上洁白的嫁纱露出甜美的笑容，等待着开窗的刹那，欣欣然地投入我的怀抱，一片片冰玉似的轻柔，便吻过发梢、脸颊，羞涩地冲我微笑，心儿也随即化作斑斓蝴蝶，来迎接她翩跹起舞时的美丽。

眼前的树木像一个个坚强的士兵，穿上了银白色的西装，不畏寒风的吹打，挺拔不屈。树木的枝丫也挂上了一条条铂金项链，尽显着她的娇媚。"宝剑锋从磨砺出，梅花香自苦寒来。"迎面的一枝寒梅含苞吐蕊，在单调的白色中格外抢眼，散发着淡雅香气，在空气里轻轻萦绕，翠绿的叶子上映着一点红，中间亭亭屹立起一茎花枝默默盛开，把那憾世的风采尽情倾泻，让光华在冬日里显得更加耀眼清靓，豪气万丈，光芒四射！

忽然，一片调皮的雪花随风打转儿，跳出舞者的行列，悄悄地停在我的耳边窃窃私语，一会儿又推开我，去窥探别人的隐私。瞧她那纯洁而冰艳的俏皮模样，犹如仙女来到人间寻找掉落的珍珠。或许这就是心有灵犀的懂得，朦胧而清晰，就像这一季漫天飞雪的洋洋洒洒，向世间炫耀着她的无忧无虑；或悠悠荡荡，凭借风的力量将身影覆盖整个世界。

午后，禁不住孩子们的再三催促，同他们一起冲进了雪地里。孩子们在雪地里不停地追逐叫喊着，嬉笑打闹着，尽管手和脸已经冻得通红，一不小心还会摔跟头，但也禁不住雪花的诱惑，忘记了寒冷，忘记了疲劳，尽情地跑啊跳啊，享受着雪花带来的乐趣。甜蜜开心的欢笑声伴随着阵阵尖叫声，在那乌黑的秀发或是亮丽的衣服上，尽情地跳跃着最动人的音符。不一会儿，一个可爱的雪人诞生了！孩子们围着雪人欢快地奔跑，争前恐后地与她合影拍照，还不时随手捧起一把雪花在空中挥舞漫扬，大人们的脸上也都洋溢着幸福的微笑，相机拍下的那一瞬间，定格了最美好的记忆。

雪中漫步，脚踩积雪，感受那份柔软，聆听"咯吱咯吱"轻吟声，回眸那一串清晰的脚印，也不失为一种雅趣。瞧，可爱的雪花又一次吻上了清瘦的梅枝，这眼前的景致又勾起我心底深处的一波眷顾。

雪花，这个冬季美丽善良的精灵，给孩子们带来了快乐的童年，给农民们带来了来年有个好收成的愿望，给寂静的大地带来了生机盎然。

雪花的记忆

——2016年1月参加庞大汽贸集团"光荣与梦想"活动有感

今晨起来，只见雪花飞舞，缥缥缈缈，幽幽静静地落在楼房、树木和大地上，白茫茫一片，银装素裹。昨日的丝丝烦恼，在这个时刻随着雪花的飘舞荡然无存，内心慢慢地恢复到静如止水。

院子里一排排整齐的汽车专营店如同铺上了一层白纱，在雪花的褴褛中如梦初醒，好像倔强顽皮的孩子一直冲我微笑。个儿头大的有风行、依维柯、陆风、讴歌、金杯海狮、斯巴鲁等，中等大的有大众、风神、一汽、三菱、丰田、本田、日产、奔驰、奥迪、沃尔沃、现代、双龙等，个头小的有五菱、奇瑞、佳宝、昌河、长安……"这些孩子都是我们的宝贝，但却性格迥异，各有优点。

独倚窗前，静听雪落，欣赏着"忽如一夜春风来，千树万树梨花开"的美景，品味着"千门万户雪花浮，点点无声落瓦沟"的浪漫，纯净安然，不张扬，不言语，已是感知的默契，总能带来意外的惊喜。突然觉得这个冬天是美丽的，是妙曼的，是温暖的，是充满希冀的，蛰伏于心底那份牵念如花般悄然绽放，又勾起了一段情思……

那是2003年的一个冬日，我怀揣着一个多彩的梦进入了庞

162

大汽贸集团工作。刚上班的第一天就赶上了下雪的天气，我就像这突来的雪一样懵懂无知，显得措手不及。公司的同事们帮我整理好了行装后，他们更像是一个个久未谋面的老朋友不由分说拉起我的手就冲向了雪地里。可我第一次孤身来到这么一个人生地不熟的地方，心中充满着茫然和恐惧，从未感受过如此的寒冷，冰凉的双手和冷冻的脸庞贴在了一起，身体也变得如机械般笨拙，呆呆地站在那里。突然，一双细嫩柔滑的手紧紧地握住我来回摩擦，还低声地问：还冷吗？我顿时感到一股幸福的暖流涌遍全身。看着同事们热情洋溢的笑脸，在这么一个团结友爱的家庭里我还哪来的陌生与不安？大家三五成群，争先恐后地堆起了雪人，与它合影，一双双冻僵通红的手拉在了一起，环绕着雪人奔跑起来，欢声笑语回响在大地，在那乌黑的秀发或是笔挺的西装上，闪烁着雪花的晶莹璀璨，用相机记录下了我们最美好的回忆。

因为心中有梦想，常常在不经意间感知着冬天脚步的来临，感受雪花带来的悸动和美好，有梦的日子就仿佛晨光微曦下一颗颗通亮的露珠闪烁着梦一样的迷情，如同见到雨后的彩虹，使我的心情更加愉悦。以后的日子，在这个大家庭里处处都充盈着温馨和感动。在这里，我学会了宽容、理解和关爱，懂得了尊重、信任和支持，收获了事业、快乐和成长。人与人之间的相识相知就来自于心与心的真诚与关爱，或是烦恼时一句贴心的安慰，或是见面时一声亲切的问候，或是跌倒时的一把搀扶，或是重逢时的一个拥抱，或是加班时递来的一杯热水……

年复一年，不知不觉间在集团公司工作，就已度过了近十三个这样的冬日。每每想到这些，便让我心生暖意。感恩老一辈创业者放弃国有企业的岗位，为了实现更高的事业梦想，创业之路所付出的艰辛和努力，历经三十多年的风风雨雨，用他们年轻的臂膀扛起了庞大汽贸集团艰苦创业的大旗。

转眼间，十多年的时光匆匆流逝。上市后的集团公司却面临了一场巨大的危机考验，在公司举步维艰、生死攸关的紧要关头，集团公司领导以永不言败的精神、顽强的意志和高超的智慧，带领着我们在困难中坚持，在风口浪尖上成长，从思想转型、业务转型、管理转型，创造了新的辉煌。

忽而一阵寒风掠过，吹进我的室内，思绪回转，我立刻裹紧上衣。因为住的是公司集体宿舍，暖烘烘的宿舍与窗外寒冷的天气倒像是冰火两重天的世界。雪夜弥漫的冬季，洁白了整个世界，渲染了冬的神秘，纯净了人的心里。

这诗意的冬日，如火的阳光，晶莹的白雪，诱人的梅花，在严寒里集结成美妙的华章。也为我送去了对庞大汽贸集团最真挚、最美好、最殷切的祝福，愿集团公司的事业蒸蒸日上，永远笑傲在世界成功的大舞台！激情与拼搏同在，光荣与梦想同行！

忆起你

看着天边的白云，忆起你，往事在脑海中显现；听着耳畔的清风，想起你，曾经的话儿响在耳边；望着璀璨的星空，梦见你，仿佛又回到从前；想着如钩的弯月，见到你，往日的激情不再复返。

忘不了曾经相处的日子，你包容我的任性。在我失落迷茫时，告知我如何坚定信念。"水是醒着的冰。"你常常这样形容我。水是温柔的，多情的，透迤着，流动着，有自己的个性；冰是冷冷的，晶莹的，坚实的，刚毅的，有独特的气质。水，偶尔睡着了，会错过属于自己的风景；水，若一直醒着，就慢慢地变成了冰。刚强溶进柔和，冰冷转化为热情。静若清池，动如涟漪。女人是冰亦是水，也是你心中的安然。

忘不了曾经并肩走过的路，有苦有甜。我们相互安慰，相互鼓励，拂掉阴霾，携手向前。有理解，有温馨，有陪伴，有奉献。你的身影，一直浮现在我的眼前；你的声音，一直让我难忘流连；你的笑容，一直让我忘却愁烦。

忘不了曾经每次的分别，那一刻双眸含情地凝视，挥手再见。一个人习惯了在寂静的夜晚，静坐窗前，翻看手机中你的留言，一次次叩打着我的心弦。原来，等你，想你，也是一种幸福。幸福一直就在我的身边。

没有过多的语言，只有默默地祝愿；没有长久的相聚，只有深深地眷恋；没有永久的期待，只有相守的那份缘。相识相知，珍惜你的缘，善待我的爱。道声珍重，痴情从此各一方。痴心不改，含泪等你到天涯。那些所谓的真言，留在我心间，深藏到永远。

惦　念

夜深人静的时候，月光透过思念的窗，晏几道"相思本是无凭语，莫向花笺费泪行"的词句，常常让我感怀，对已往追忆的离愁和怀念。情绪就像那异乡的天空，忽然转变，遥望明月，任惦念缭绕。

惦念是一阵虚无缥缈的风。绕过几净的窗子，还没来得及看清楚它的模样，便轻柔地拂面而过。稍上对你的牵念吹向遥远的晴空。

惦念是一场永无止境的梦。纵是隔着万水千山，依然情念意牵。在梦里，有朵朵玫瑰绽放在心底，每一朵都是千姿百态的，每一朵都是芳香深情的。只要是自己心之所往，皆为驿站。

惦念是一根扯不断的线，在思绪中牵牵绊绊。你说，有了我，心不会再孤寂，定会倍加珍惜，让生活总是充满惊喜。

惦念是一个放飞的许愿灯，载着心愿飘向远方，传递着相思之情。你的眼，你的笑，你的影，往昔的点点滴滴，不曾忘记，无从说起，无从梳理。

我惦念你的时候，心里是暖暖的，很幸福。犹记得当年送别你的场景，仿佛就发生在昨天，历历在目，不争气的泪水又在眼眶里打转。忘不了我们朝夕相处的那些温暖的日子，忘不了我们结下的亲如一家的深厚情谊。每每看见时空里一个熟悉的身影，常常会被感动得热泪盈眶。难以割舍的情怀，每时每刻都在想念。

被你惦念的时候，心情是爽爽的，很舒畅。有人主动向你敞开心扉，彼此交流，是心灵相通的感情体验。你的心情会自然愉悦，乐于倾听，突然发现，原来世上还有这么多美妙的事情。无意之中，忙碌的生活就被凿开了一个快乐的泉眼，让清水在心里徐徐地往上涌出，汇成思念的湖。对方的轻声呼唤，一次关心，都会印在脑海，把这份真挚的情感永存心间。

月色如水，仰望苍穹。星月有情，此地无声。轻轻地打开心门，惦念的思绪汹涌如潮。我惦念你很美！你惦念我也很美！

《人生如笔》读后感

　　《人生如笔》这篇文章，摆在我的案头有一段时间了。作者把人在年少时比作一支铅笔，成年时比作一支钢笔，老年时比作一支毛笔。几次阅读，让我感触颇深：人生如笔，笔如人生。面对人生的沧桑，不管过去如何，在这篇人生的纸张上，曾经有很多支笔在这里爬行过、穿越过，给自己的人生画上了一个终结的符号。

　　人从出生那一刻起就犹如刚生产出来的笔，崭新而充溢着希望，对未来神秘的世界更是充满了好奇，都是渴望着长大后去探索它的奥秘，在它的脚下会写下精彩的文章，画下美轮美奂的图案。铅笔有着率真的个性，即使被生活一次次折断，它也宁折不弯，一如人生少年。铅笔在橡皮的帮助下写错能改，写浅犹可加深，橡皮默默地付出，从不奢求回报。总是在不断地写，不断地擦。当橡皮所剩无几时，就认为自己风华正茂，还能够抵挡磨难；当橡皮耗尽时，就会追悔莫及，却用尽了短暂的青春。

　　我们在少年时常常会犯各种各样的错误，就需要时间来更正。铅笔如同错误，橡皮如同时间，两者像是一个矛盾体，相互依存，相互制约。试问：世上的任何人又有谁能做到完美呢？人生如果没有错误，铅笔又何需橡皮擦呢？朦朦胧胧的人生刚刚起步，对未来充满着憧憬与希望，但无知与猜疑也伴随着人生留下痕迹。上天赋予我们每个人的青春都是相等的、公平的，从不优待与谁，也不怠慢与谁。所以，在人生的起步阶段，要尽量珍惜这一段特有的、不可复制的、最是美好的青春岁月。

把成年比作一支钢笔，意思是在这个年龄的人，充满激情，渴望施展抱负。为了能在工作中游刃有余，便急于证明自己，留下清晰的痕迹。钢笔在主人的手中行云流水，有无穷的精力，仿佛永远都不会老，不服输，坚持不懈，永不放弃。

但是，不要忘记，自己肚子里的"墨水"其实很有限，写下来的错误很难被更正，若涂涂抹抹，就一塌糊涂。漂亮、隽秀、苍劲的字体，看一眼便让人赏心悦目；潦草、凌乱的字体，就让人觉得厌烦。此时应该慎重，不能做胸无点墨的人，而是做肚子里有"墨水"的人。"墨水"决定作为。人到成年，没有"墨水"的人生是枯燥的。"墨水"就像是一条条潺潺流淌的小溪，即便遇上再大的艰难险阻，也会跨越向前，永不回头，给自己注入源源不断的生机，无数条小溪汇成江河，江河奔涌着汇入大海，从而成就自己。反之，长时间搁置，"墨水"就会在你肚子里渐渐地干涸、过时。

人的老年被比喻为毛笔，实在是恰如其分。当老人潇洒挥毫，墨汁在洁白的纸上流动、跳跃，让人赏心悦目的字体或飘逸、或凝重，一气呵成，最见功力。这是人生最为浓墨重彩的时候，那些曾经的铅华渐渐淡化了，那些清晰的字迹留下了，有满足、快乐和成功，也许有些悲凉、遗憾和忏悔。老人有着孜孜不倦、不屈不挠的精神。老年人经历了人生的各个阶段，他们有着丰富的人生阅历，处事淡定，他们坚持"活到老，学到老"，时刻保持积极向上的生活态度。这也是作为毛笔落笔不悔的定力。

回忆一下走过的人生，有的人虽然没有丰功伟绩，但工作勤恳、任劳任怨，依然收获了预期的回报；有的人虽然没有惊心动魄的经历，但兢兢业业、默默奉献，在平凡中迈上了光明的大道。有的人也在感叹，人生如此宽广，却留下了太多的空白。故而，应该认真把握好人生的每一个阶段，应该认真做好自己人生目标里的每一件事，不给自己留下遗憾！

棒棒糖的故事

只记得故事发生在 2010 年，从那一年起，我的包包里就多了一样美味儿——棒棒糖。

其实，我不太喜欢吃甜食。对于糖，更是百般挑剔。除了金丝猴软糖，其他的糖几乎都不符合我的口味。但是对于棒棒糖，我却有了一丝偏爱，尤其是阿尔卑斯的水果糖。现在吃得也不是很多，但是我的包包里却总有少许棒棒糖在陪伴着我。

把一支棒棒糖含在嘴里，觉得自己就像个永远长不大的小孩子，甜蜜而幸福。

精彩的故事肯定离不开男主角。

关于 LL。

LL 是我今生选择的男人。LL 待我极好，虽然嘴上天天"教育"我，但是我心里清楚，LL 最了解我、关心我、体贴我。记得 2005 年，我和 LL 每次去超市，LL 都会在超市的收款结算处，从圆筒里抽两支棒棒糖，然后坏坏地一笑，示意我结账。

某一天的超市结算处。我问 LL："你以前不是爱吃棒棒糖吗？现在怎么不吃了？" LL："没人给我买了！"哦，我恍然大悟。

关于 HD。

HD 被我称为知己，一生的知己。缘于这一年，HD 率先走进了我的世界。在我看来，HD 坚毅、睿智、博学多才，有时却懒得像猪。28 岁，HD 送我了一件生日礼物：粉嫩糖果。虽然是通过 QQ 传送的礼物，但是我很开心，记在了心里。

于是，棒棒糖里，多了一丝淡淡的牵挂和一份浓浓的情谊。

关于 ZG。

ZG 比我年长，是多年来一直都很疼我的哥哥。2004 年，我们相识在一起工作。尽管企业内部调动工作三次，但我们始终在一家公司。我们成了工作上默契配合的好搭档，生活上无话不谈的好哥们儿。有时候缘分真的很奇妙！

这一天，当我把一支剥好的棒棒糖递到 ZG 嘴里时。

ZG："好甜哪，我老了，牙口不好！"

但 ZG 一看是阿尔卑斯的棒棒糖，ZG 笑了："你怎么知道我最爱吃这个牌子的糖？"

我："就是为了你们这些朋友，精心准备的呗！很感动吧？"

ZG："对哥哥这么好，当心喜欢上我！"

我莞尔一笑："哥哥，你说对了呢，就是喜欢上你啦！"

此时此刻的 ZG，高兴得眼睛眯成了一条线。

棒棒糖，原来 ZG 也爱吃。

其实我的身边还有好多好多喜欢吃棒棒糖的兄弟姐妹……

关于我。

为了大家，常备棒棒糖，我心里无比的幸福，看着他们咀嚼棒棒糖的样子，我常常眉开眼笑。也曾有人不解，质问我为何如此执着？我努努嘴：我喜欢，我愿意，关你什么事？哈哈哈！

故事讲到这里，还曾有一个小插曲。我的棒棒糖曾经为我的同事挽回了千元损失！那天，我和同事相约去酒店吃饭。饭前，我给了同事一支棒棒糖，她说饭后再吃，随即放进了她随身带的包里。饭罢，走到了酒店门口时，同事想吃棒棒糖，却突然发现她的包不翼而飞了！我们急忙跑回酒店寻找，她的包包就在饭桌上乖乖地躺着呢，棒棒糖在包里探出了头，好像在迎接我们！同事猛地回头给了我一个大大的拥抱："幸亏有你的棒棒糖，不然的话这次我可亏大啦！怎么感谢你？"我小眼一眯："给买包棒棒糖去，甜到你心里，让你永远记住我！"

家有一对小活宝

我家有一对小活宝，女儿楚楚，今年三年级；儿子瑞瑞，在幼儿园上小班。一谈起两宝，用"焦头烂额"来形容我现在的生活是一点也不为过，常常令我手足无措，又哭笑不得，且听我娓娓道来。

话说在一个周末的午后。我微闭双眼，倚靠窗前，一缕明亮的阳光从西窗斜射进来，柔和的光线照拂在我的身上、脸上，暖洋洋的舒服、惬意。须臾，我张开双臂，睁开双眼，却被眼前的一幕足足定格了五分钟。

瞧，粉红色的写字桌上，俨然坐着我家这位古灵精怪的淘气包！他圆圆的小脑袋，红扑扑的小脸儿，白里透红的元宝耳朵，大大的耳垂、如若是女孩戴上耳钉定也是极美！浓浓的眉毛下闪着一对大眼睛，可有神啦，如乌黑的葡萄一般。英挺的鼻子，樱桃小嘴里还不知在嘟囔着什么，一笑左脸边就一个小酒窝。左手抓着整袋乐事，右手抢着姐姐带锁的笔记本，嘴里咀嚼着薯片，不知何时脱掉了袜子，一只小脚丫搭在另一只小脚丫上。随着电视机里播放的动画片《熊出没》欢快的节奏，时而手舞足蹈，时而欢呼雀跃，与一身黄澄澄的套装交相辉映，活力十足，水嫩的皮肤显得更加白皙，眼睛还时不时地注视着屏幕里的"熊大"……

"给我下来！下来！"我气急败坏地怒吼着，他居然还假装没听见！我一把将他从上面拽下来，夹在腰间，我这暴脾气真想给他暴揍一顿，他见状这才委屈地说道："妈妈，我只想亲亲熊大……"儿子顺势搂住了我的脖子，泛红的脸颊贴近了我的耳畔，"我爱妈妈……"他面带微笑，凌眸的双眼，专注的眼神却投射出让我温暖的爱意，刹那间怒气全消。

此时，俏皮可爱的楚楚正站在镜子前试穿着我刚给她添置的新衣。米奇风衣内搭绿色裙衫，下身再搭配一黑色打底裤，头戴粉红色发卡，立即 hold 住了我的眼光，简约却不失华丽，诠释着清纯和靓丽，淡绿的裙摆让人心醉神迷，更加甜美可人，完全一副小家碧玉公主范儿。她一会儿一手托腮，一手叉腰，一会儿左看右看，还忍不住转了一圈，可能是太喜欢这身新衣服了吧。那深情款款、清澈透亮凝望着我的眼眸，使我甜甜的爱恋翩然溢满了心底，一朵幸福之花悄然绽放。

试完了衣服，女儿又捧起了一本书，津津有味地读了起来，丝毫没有被周围的"噪音"所影响，一动一静，形成了鲜明的对比，此时我心中燃炽的怒火被这啼笑皆非的心情左右，该如何是好……

楚楚是一个不折不扣的小书迷，家里的书柜、整理箱、窗台上、床头处处都摆满了她各式各类的书籍，她还把故事书、名著、诗词、作文、杂志等整理得有条有序，无论是放学回家、节假日、游玩，甚至去卫生间都要带上一本书，看得入迷的时候宁可不吃饭、不睡觉，甚至叫她都听不见。最要命的是每次给我讲起故事来就絮絮叨叨个没完，一说就是几个小时，还常常把"书中自有黄金屋，书中自有颜如玉"挂在嘴边，我也不得不用心学习起来。

这对活宝性格各异，常常让我烦恼。

记得那天下班后车子刚刚停到楼下，锁车门的当口，从三楼立刻传出稚嫩的声音："妈妈！妈妈！……"闻声望去，只见窗户口一上一下正探出两个小脑袋，争先恐后地叫喊着，我立刻回应："别喊了，别喊了，妈妈回来啦！"瞬间我家成了整栋楼关注的焦点，在楼下乘凉的老头老太们也开始努努嘴议论着，"看，一天可见着孩子妈了，多亲热呀！……"我以箭一般的速度冲上楼，见到他俩，幸福的暖流顷刻间涌遍全身。谁知，女儿见了我，立马变了脸，左手叉腰，右手指向我："妈妈，你再偷偷把电脑设置密码，我不会原谅你的，要是再惹我生气，我打110把你接走！……"我"扑哧"一声笑了，好厉害的小丫头，原来她还在为这件事情而耿耿于怀。儿子呢？却依旧在窗户那头张望，我轻声喊着："宝贝儿，妈妈回来了，你在干吗？""看妈妈，看妈妈……"天，我彻底"晕倒"。

进入家门口，只见儿子从屋内笑眯眯地向我走来。瞧着这热情的劲儿，我立即顺势做拥抱状，谁知，臭小子不但不加理会，还重重地在我的鞋子上踩了一脚，扬长而去。我就纳了闷了：我啥时候得罪他了？稍后我定了定神儿，恍然间明白，似乎儿子醒来要奶喝，我忘了没给沏……楚楚赶紧小鸟依人般凑到我耳边："妈妈，看我多懂事啊，一直在学校里好好学习，老师和同学们都喜欢我……"哎，哪儿也少不了大闺女呀！这小嘴儿说出来的话，能甜到你的心坎里！

走进室内，家中一片狼藉，不免怒火中烧，严令楚楚打扫拖地。直到晚上吃完饭，楚楚拿起了自己做的手工折纸——荷花，调皮地向我炫耀："妈妈，看，既漂亮又栩栩如生，给我拍张照留念吧！"这可羡煞了一旁的小弟弟，急忙挤上前去，目不转睛地望着荷花，女儿下意识地侧了侧身子，小心翼翼地把怀里的荷花拦得更紧。小弟弟似乎看出了端倪，小手不停地拽扯楚楚的衣角，小声说道："姐姐，姐姐，你就给我看一下嘛！"楚楚瞪了他一眼。儿子见状，知趣地走开了。我才恍然想起刚刚嘱咐楚楚的事情。

谁料，一分钟过后却现此情此景。只见楚楚站在一旁命令："你把这儿，还有这儿给我拖干净喽！"儿子很是乖巧并服从指挥，高举小手连声道："是！是！"看他滑稽的样子，我忍不住发笑，煞是懂事可爱，可拖把比他还高半尺多。儿子一下子从姐姐手里夺过了拖把，双手紧紧攥住拖把的木杆，左手用力向下按，右手顺势往前推。他的双脚使劲踏着地面，左脚尖翘起来，膝盖向前弯，右腿伸得直直的，整个身子微微前倾，开始有模有样地迈着小步调拖起地来，瞧他那架势，就像是刚刚站在起跑线上赛跑的运动员一样飞奔而来。他一会儿就累得满头大汗，气喘吁吁，脸都憋红了，把拖把狠狠地向地上一摔："我不干了！累死了！"说罢，一溜烟儿似的跑没了影儿。

睡前洗漱回来的当口，见儿子的被褥卷起了一个空空的小洞，人却不知何时躲到了何处。我故作神秘，假装寻找："我的瑞瑞哪儿去啦？……""我在这里！在这里！"小家伙兴奋地突然从他姐姐的被窝里探出头来，很是得意的样子。同时两只小脑袋并排挤在了一起，你推我搡，阵阵欢笑声在耳边回响。轻轻抚摸一下儿子的头发和脸颊，牵着女儿的小手再来个亲吻，挤在俩宝中间的我时而两只手像拔河的绳子般被抢，时而身子不停地左右翻转。而后将两宝相拥入怀，三张脸挤在了一块儿，左亲亲右亲亲。此时，我很享受被幸福包围，脸上笑靥如花，似一份百花蜜，充满着淡淡的甜蜜，眉梢、嘴角微微翘起，眼睛清澈地凝视着远方，洋溢着温馨的气息，跳跃着欢快的音符，惊起了心中的涟漪。

　　回眸多年来，每一个晨曦与暮落，宝贝的撒娇索要；回眸多年来，每一次出门与归来，宝贝的牵手相伴；回眸多年来，每一日在身旁的时而相偎低语，时而嬉戏打闹，时而静若睡婴，时而欢快大叫，那或喜或怒或温馨或感动的眼泪，总会情不自禁地悄然滑落。宝贝的一举一动，皆让我怦然心动，点燃我的满腔热血。宝贝的快乐给予，让我沉醉迷离，使我贪婪，总是觉得不够。宝贝的一颦一笑，如蜻蜓点水般掠过我的心湖，轻轻拍打，泛起波澜，涌动着无限的牵念。不知在多少个夜阑人静的时刻，托腮凝望孩子们熟睡的脸庞，心忍不住柔柔一动，俯身轻吻他们的额头，嘴角竟然露出了幸福的微笑，仿佛庄生梦蝶，十分自在肆意。不知在多少个这样含情脉脉的夜里，看着窗外如水的夜色，清凉的微风透窗拂面，寂静的夜晚把心底最微妙的一缕情愫反复揉搓，又泛起层层波澜。

　　轻倚时光的深处，听风滑过的声音，内心似有一股清泉流过。一颗心柔柔暖暖的，闪烁在欢喜的眼眸里，在眉间轻盈地婉转，嫣然于岁月静好的流年里。闲看风吹落叶，轻吟委婉诗行，静默的年华里两只大手与另两只小手相携，觉得未来的日子里都是甜美且饱满，甜蜜而温馨。

　　我想：儿女绕膝，静静地守护着孩子们的成长，用一生的爱去呵护，有他们陪伴的这么些年，想必就是我们为人父母最美满和快乐的时光吧！宝贝儿，你们带给我的永远都是满满的喜悦和盈盈的满足，目光蔓延，处处是温暖。忽而我觉得眼眶湿润，泪水盈盈，顺势流到了嘴里，很咸，很甜，很幸福。

　　愿我的两个宝贝一切安好，一如阳光洁净而温暖如初。

牵着你的手

牵着你的手
并肩开心跟你走
手里握着幽幽的温馨
将甜蜜洒满当年遇见的路口

牵着你的手
娇羞愉快跟你走
眼角眉梢爱意盈
自信的脚步越来越轻柔

牵着你的手
真心实意跟你走
陪你夜里看明月
炫美迷人的星星数不够

牵着你的手
挽着清风跟你走
迎着艳阳吟诗草
轻歌曼唱奔向美好的自由

牵着你的手
欢欣雀跃跟你走
心中静静地许诺
彼此珍重终身长久相守

牵着你的手
无怨无悔跟你走
相知相惜不相负
真爱一生一世共同拥有

转身遇上微笑

　　清晨，四周岁的儿子醒来的第一件事就是直奔电脑玩游戏。我早有预料，提前就把主机的线路拔掉了。这下形势可大为不妙，儿子一直哭哭啼啼个没完，我时而安慰时而呵斥，僵持了十几分钟后，无论如何都无济于事，瞬间美好的心情被一扫而光。

　　眼看上班的时间就快到了，我扔下站在楼道门口的他，生气地径直走下楼去。刚走了几梯，自己还是忍不住转身回头望去：只见儿子还是站在原地不停地抽泣，一双清亮秋水般的眸子蓄满了泪水，须臾又滚滚而下，稚嫩可爱的小脸上挂满了泪花，一副楚楚可怜的模样。我一颗柔软的心立即彻底被他征服了。"蹭蹭蹭——"，几个箭步跑上楼去，双手温柔地捧住他绯红的双颊，擦拭泪水，并轻声安慰道："等妈妈下班回来一定帮你修理电脑，只允许玩一会儿哦！"儿子立刻喜笑颜开，主动撅起小嘴亲吻我，挥手再见。

无独有偶。四年级的女儿数学月考测评成绩结果为84分，史无前例的严重下滑，可气的是，错的全部是计算题目。究其原因，粗心马虎所致。通过我连续几天的计算题测验，依然如故，最终我雷霆大发："倘若学习上再不用心努力，在一个月后的期中考试中，如果再达不到预期的目标，将会受到严惩。禁止玩电脑，不再给买心爱的东西，并且终止周末的课外绘画课程！"女儿似乎感受到我从未有过的严厉。身体微微抖动，紧张的两只小手不停地搓动着衣角，眼睛目视下方，眼眶里的泪花由闪烁变为奔腾，眼泪像涌泉一样夺眶而出，支支吾吾地连声答着："是、是、是！"

一个月后，翘首企盼的期中数学考试成绩出炉，女儿一颗悬着的心终于踏实了下来。下班回到家，女儿一见我便投入怀里，高兴地一蹦三尺高，大声地似乎要向全世界宣告："我的数学成绩考了95分！"她脸上洋溢着一副拔得头筹所沉醉的样子，明朗、激动，表现出各种各样得意的表情。眉飞色舞，两只黑闪闪的眼珠上下左右不停地转动，盈盈润润的，清澈的眼眸满是孩童特有的纯真。我欣慰地抚摸着她的头，语重心长地说道："妈妈看中的不是分数，而是你对学习的态度。"女儿懂事地点了点头，双眼笑成了"月牙"。

其实，当你愤怒失落时，很多事情改变的结果往往就在你的一念之间。转身可能遇见微笑，转念便会豁然开朗。端正心态，理清思路，在未来的时光里，轻松地面对人生中所有未知的一切。

我要变得温柔

夜未央，两个宝贝已经熟睡。转头不经意间，看到女儿和儿子酣睡的甜甜姿态，在隔窗淡淡月光的映照下，朦胧中仿佛回到儿时在母亲的歌谣里慢慢睡去的情景。披衣起床，写下这首不成诗的诗……

左手轻拍着他柔嫩的肩膀
儿子在我的臂弯里
进入那甜美的梦乡
右手抚摸着她细嫩的小手
轻轻的童谣
让女儿睡前带着笑的模样
微弱的鼾声
掌心的温度
交织在一起
在我的心灵深处徜徉
牵着你的手
让我忘却了无助
望着你的脸
给了我坚强理由

一行清泪
悄然浅流
回想往昔
懊悔为何脾气变得暴躁
今夜的月光
让美好回到我的心头
我要保持原本淑女的依旧
为了孩子
改变自己
我要变得温柔

黑猫警长又来了

初冬时节,夜幕降临。

月光稀释着黑色的夜。玉盘般的月亮宛如一位含羞的少女,时而藏进云间,似乎在躲避陌生人,羞答答地避而不见;时而撩开面纱,露出隽美的脸庞,清澈的灵眸闪现,柔和的光辉普照大地,整个世界仿佛被镀上了一层梦幻般的银灰色。

夜风寒凉,冬意萧瑟。

回家的路上,满目闪耀的霓虹灯勾勒出城市的轮廓,鳞次栉比的楼宇林立,如同披上流光溢彩的衣裳,散发着迷人的色彩,精美的城市画卷正在徐徐展开。

刚进家门，十二岁的女儿就欢蹦乱跳地扑进我的怀里，调皮地说："妈妈，我要送给您一个惊喜哦！"

"什么惊喜啊？"我问道。

"您猜猜看？"她又故作神秘。

"到底是什么呢？"我装出一副迷惘的样子。

"好女儿，你就别卖关子了，快快告诉妈妈吧！"

"当—当—当—当—"她故意拉高声调，双手打开了一幅她绘制的《黑猫警长》图画。

这正是我少年时代最爱看的国产动画片，闲暇时偶尔和女儿提起过。每当熟悉的旋律响起，"机智善良、正直勇敢"的人物形象就会浮现在眼前，潜移默化中一直影响着我。

女儿画得惟妙惟肖，仿佛画里的黑猫警长能够随时走出来。

"你画的'黑猫'像极了，好漂亮啊。你怎么想起画这幅画呢？"我欣喜地问道。

女儿："好几次听你说起过这部片子。前几天我特意把它找出来反复观摩几遍，用了两个多小时才把它画出来了呢！我也被这个黑猫警长深深地迷住了。"女儿接着又说："妈妈，妈妈，我知道你为什么喜欢看《黑猫警长》啦！"

"为什么呢？"我追问道。

"黑猫警长不仅帅气机警，而且它和它的小伙伴努力奋进，互相帮助，一同克服困难，不正像我们五二班团结向上的班集体吗？"

"就数你最聪明，懂得多！"我望着她，夸赞道。

女儿听了，嘟起小嘴，得意扬扬地娇哼着自夸道："我也活泼伶俐啊，妈妈当然要夸我了。我知道的还不止如此呢，黑猫警长坚持正义，不畏惧邪恶势力，维护和平。我也要向它学习，以它为榜样,做一个像黑猫警长一样的小英雄!"女儿说得神采飞扬,越说越起劲儿。

"还有就是……看到妈妈每天忙着上班,还要照顾我和弟弟,我知道妈妈很辛苦,想送妈妈一份礼物,所以我就把'黑猫警长'画了下来送给妈妈,希望妈妈喜欢。"女儿话说完,脸上泛起了红润的光彩。

我仔细端详着这幅画,瞬间让我穿越回小时候的美好。

我轻轻地抚摸了一下她的头,说道:"好女儿,妈妈很喜欢这幅画,妈妈好高兴!妈妈谢谢你!"

我的眼眶渐渐湿润,那一刻,心中泛起阵阵涟漪,被女儿的真情所感动。我深情地凝视着可爱的女儿,会心地笑了,四周的空气中弥漫着甜甜的味道……

一缕轻柔的月光穿透窗子折射进来,温暖又明亮。

不再放手

——2015年1月热播电视剧《武媚娘传奇》观后感

轻唤着武姐姐

雉奴已悄然长大

爱情的种子

在心底

早已生了根

发了芽

感业寺里的她

一袭素衣翩翩漫步

转身回眸间

低落的泪中有无尽的情愫

凝眸的款款深意

眉飞秀蹙

近在咫尺的雉奴

窥探着她的温柔

随着心跳的加速

腼腆的脚步

一步步地逼近

紧紧地抓住她的长袖
我要接你回宫
不再放手

父亲的老水井

农村老家的院子里,有一口老水井。

这是一口压水井。在我刚刚记事的时候,父亲请来几个帮工,一起打造水井。当时父亲带人深挖到地底下六七米时,听到他大声喊:"水!水!是水!是水!出水了!出水了!"我急忙挤上去一看,偌大的深坑,吓得胆战心惊,立刻退了回来。"出水了!出水了!快看!快看!"父亲再一次大声喊着,难掩心中兴奋喜悦之情。我又向深坑探出头去,难以置信,只见地下的水汩汩地冒着泡,跑出来,翻滚着,跳跃着,仿佛唱着一首欢快之歌。老水井经过了长年的日晒和风吹雨淋,有些地方可以看到岁月磨损的痕迹,给我的童年留下了难以忘怀的记忆。

父亲特别爱惜这口老水井。每天都会为老水井的压水龙头擦去尘土,它的四周被父亲打扫得整洁干净,没有一丝杂草和落叶。每隔一段时间,父亲还会对老水井破损的地方进行修葺,打磨,涂漆。尤其是到了寒冷的冬季,父亲生怕老水井被冻到,特意为它做了稻草新衣,把它包裹得严严实实的。

儿时,我和弟弟经常围着老水井,争先恐后地帮家人"干活儿"。弟弟的个头比我小很多。他站在老水井前，踮起脚尖，手里拿着一个比他脑袋还大的水瓢，舀上一瓢水，双手握着水瓢把儿，认真地往井口里注水。而我站在老水井长长的铁把儿下，双手十指相扣握成拳状，双臂弯曲，身体呈半蹲状，双脚用力跺地，将身子向上弹起，上下跳跃反复压几下，很快就能压出水来了。连续压几次，就累得气喘吁吁了。我还故意把溅出的水花喷洒在弟弟的脸上、身上，自己在一旁幸灾乐祸地笑个不停，玩得不亦乐乎。

记得有一次，我和弟弟因为玩闹还把老水井弄伤了。那天，弟弟站在老水井的铁把儿下压水，一不小心手滑了，铁把儿猛地弹了回去，磕到了他的下巴，疼得哇哇大叫。事后，我俩便对老水井展开了一系列的"报复"行动，不停地在它的身上涂鸦，撒上杂物，用刀片故意把它划伤，往注水口撒上一把把的沙子……父亲知道后，非常生气，手里拿根小木棍儿满院子追着我俩"打"。我和弟弟在前面跑，父亲在后面一边不紧不慢地追，一边高喊着："你们这两个捣蛋鬼，为什么祸害水井，知不知道这水又甜又解渴，城里人想喝还喝不到呢！今天我要好好收拾收拾你们……"直到妈妈来"救场"，父亲才算了事儿。只见父亲扔下木棍儿，呼哧呼哧地喘着粗气在老水井旁坐下来，用干净的抹布给它擦拭，仔细地修复划痕，再将井里的脏水舀干，一遍遍地清洗，直到彻底洁净为止。

看到父亲如此珍爱这口老水井，我的心里也充满了愧疚，在别人眼里不起眼的东西，却成为他的心头肉。后来父亲又给我们讲了一些关于水井的知识。他说，弟弟从水桶里取的那瓢水，其实是水引子。老水井里上面有个活塞，下面有个阀门，利用活塞的移动，先将水管里空气排出，造成内外气压差使水在气压的作用下上升，从而被抽出来。即使压水时不用水引子，但想要老水井出水，也是需要一定的技巧和力度的。看着盈盈清水从水管里涌出来，清爽的甜美沁人肺腑，悦耳的水声不绝如缕，经久流淌。

现在，老式的水井、玉米脱粒机、石磨、碾子等在乡村已很少见，随着时间的流逝，这些与人们朝夕相处的传统器具也逐渐退出了历史的舞台，蛰伏于记忆的最深处。家家户户都告别了老水井，接上了自来水，老水井也不再那么重要了。可父亲依然把它当做"宝贝"，小心翼翼地呵护着。这口老水井到现在依然能够打出水来，水，还是那么清，还是那么甜。

十几年以后，一次和父亲聊天。此时的父亲由于常年劳作，头发花白，背有些驼，走路较慢，但依然精神矍铄，每天还会抽时间去整理老水井。当我和父亲讲到那些关于老水井的孩提旧事，他满脸皱纹的脸上笑开了花。父亲说："老水井陪伴了我们几十年，历经沧桑，它用无私的爱滋润了一代代的生灵，见证了乡村的历史变迁，见证了乡民生活翻天覆地的变化。"父亲又说："咱们这里，天蓝水清，恬静祥和，亲切淳朴，富足美好。清澈甘甜的水喝上一口，永远不要忘记故乡的山水和乡亲！还要感谢国家能够给咱们老百姓带来的安定和平的环境啊！"

如今我已远嫁，生活在城市里，喝的是自来水。时常想起父亲说过的话，城市里的水怎么喝，也喝不出农村的水的甜味儿来。每次回到老家，进院看的第一眼就是老水井，喝的第一口水就是老水井里的清清甜甜的水。老水井就如同一位慈祥的父亲，还是那样质朴可爱，那样勤劳善良，用期盼的眼神等待我们的平安归来。

谈谈通讯稿件的写作技巧

　　一次偶然的机会，我的一篇关于员工风采的文章在企业内部被采用了。再次点燃创作的激情，唤醒了我的文学梦想。

　　在通讯报道工作中，我不断总结经验，努力锻炼自己，从懵懂无知到渐渐熟练，从陌生到热爱。每天的阅读和写作已经成为我日常生活中不可或缺的一部分。作为一名通讯员，在平凡的岗位上想要做好通讯报道工作，除了需具备一定的文字功底和理论基础外，还要从"持之以恒、勤于练笔、观察挖掘、提高技巧、写出特色"上下功夫。

　　第一，要热爱这项工作，而做好这项工作，贵在持之以恒。

　　通讯报道是经常性、长期性的一项工作，要永远保持持之以恒的工作态度。把担任通讯员工作当成是一种锻炼和培养，把写作当成一种兴趣和爱好。通讯员应认识到通讯报道工作的重要性，它不仅反映了员工的精神面貌，而且弘扬了企业文化，可以提升企业知名度，更是记录了企业辉煌的发展历程。只有真正从思想上认识到这项工作的意义，我们才能认真对待它。通讯员在创作的时候，大部分占用的是个人休息时间，自觉、自愿、有热情地投入进来就显得尤为重要。我常常提醒自己，要以积极健康的心态来对待，正确反映我们身边的工作情况，大事小情，对写出的每个字、每段话、每个标点符号负责，对每一位热心的读者负责。

通讯报道靠需要不断积累，夯实基础，反复实践，长期坚持。有很多通讯员在写作中就缺乏信心，如遇投稿不中，就丧失信心，最后选择放弃。这是很不可取的，希望新的文学爱好者要牢记"积沙成塔"的道理，坚持就是积累，积累必能成功。只有从我做起，扎实肯干，不向枯燥低头，不被挫折打败，才能在实践中摸索提高，取得成就。

第二，要多读书，勤思考，常练笔，加强自我学习，才能不断提高写作水平，从而具备一定的文学素养。

做好通讯员，要勤字当头。每天坚持阅读各类有价值的书籍、网络文章、历史文献等。利用休假时间去书店、图书馆、书刊市场等地借书、看书、买书，进行大量的阅读，开阔视野，从书中找养料，在潜移默化中受到文学的熏陶。只要是我感兴趣的书都会买回来，书是最便宜的投资。当遇上书中经典的片段，就把它记录在随身携带的小本子上，日积月累，自己的知识面与词汇量就愈加丰富。有了足够的优美词语与亲身经历，写作起来就会比较轻松。

此外，我还自制了刊物"收藏夹"。将一些报纸杂志上发表过的好标题、好文章、好思路剪裁收集，开拓写作思路。每有一篇稿件刊登，心里就会产生一种成就感，之后细心地将见报的稿件与自己写的原稿做一番对比，有删改或润色的地方用深颜色记号标注下来，分析编辑是如何设定主题，使角度变得新颖，结构变得严谨，语言变得精炼。积极主动地和编辑老师们保持联系和沟通，不懂就问、不会就学，不断提高驾驭文字的能力。只有通过自己的勤奋学习，取人之长，补己之短，不断积累写作经验，才能提高自我修养和写作水平。

第三，写通讯报道，要善于观察，立足于生活，培养创新精神。

188

日常生活中，对于不同事物要多分析和观察，展开丰富的想象。抓住事物的特征，抒发自己内心的感受。善于发现日常工作中的细节，如企业活动、感人事迹、人物形象等，要有新闻敏感性和快速反应的能力。同时注重推陈出新，会选角度，有创新意识。要做到"新"，就要深入基层，拓宽视野。要涉猎广泛，对文学、书画、诗词、摄影等各个领域，多多了解，培养提高自己的综合素质。比如说从身边的人身上，发现平凡中的闪光点，从不起眼的小事上，挖掘有价值的新闻信息，熟中找新，新中找奇。一条新闻，切记雷同过多，时间久了不免让人心生乏味。而选择一个最佳的新闻角度，就要标新立异，独具匠心。它可以使文章更加具有趣味性，为语篇增色。"一滴水珠反映一个世界"，稿件质量自然就越高。作为通讯员，在做好本职工作的同时，更要做到"眼观六路、耳听八方"，随时随地捕捉灵感，适当变换角度和思路，为挖掘和创造写作素材打下坚实的基础。

第四，在通讯报道中，要掌握写作技巧和方法，这是提高稿件质量的保证。

在每次投稿前，我都要细心揣摩刊物上的版面、每个版面上的栏目、每个栏目中所刊登文章的风格、自己要写的东西适合哪个版面的哪个栏目，真正做到有的放矢。一篇文章写好后，不要忙于投稿，要经过反复修改，斟酌。有时写好一篇稿件，自己认为不满意，又看不出问题所在，不妨暂且放置一边，过几天后，就会发现许多不足之处。

稿件投出后，我也会经常受到退稿的打击，但没有灰心，而是把退回的稿件再仔细推敲、认真揣摩。多请教他人，相互交流学习，从中会得到许多启发和感悟。等重新修改后，直到认为自己满意了，再根据所写内容，选择不同的版面进行投稿。只要我们继续坚持，心中有一个坚定的信念——持之以恒，成功就会离我们更近。其实，投稿不中对通讯员来说是常事，关键是要善于总结经验，慢慢地摸索投稿的相关规律，报纸需要什么题材的稿件，如果是新闻类，你投去的是文学题材的稿件，即使你写得再好，也不会被采用。投稿规律性找到了，文章采纳的概率自然就会更高了。

第五，稿件要体现出自己的个性和特色，风格中有变化，这也是走向成熟的重要标志。

做通讯报道，要非常清楚和了解企业发生的各项活动、各个阶段的工作要点、人物事迹等，做到第一时间掌握、第一时间写作、第一时间报道，重点突出的是简讯类文稿的时效性。对于工作中的许多事，若是选择一个好的角度用心观察，那就是一则好新闻。在写作实践中，我努力做到用语简洁，用例鲜活，有时言简意赅，有时行云流水，力争创意和立意的新颖。再融入自己的真实情感运用修辞手法，使文章可读性强，能够引起读者的共鸣。

如何写好一篇文章呢？第一，确定基调，知道自己想要写什么，想表达什么，怎样写。第二，确定题目。题目即是文眼，画龙点睛之笔，突出新鲜感、惊奇感、特别感、神秘感，最能够吸引和打动读者。确定一个好的标题，就等于成功了一半。根据想要表达什么确定标题，要求简练精华，引人注目。特别是在标题制作上力求精品。第三，要对文章的结构、段落、层次进行整篇布局，简列大纲。这一段怎样写，下一段怎样写，如何上下衔接，如何合理铺排，如何开头和结尾。第四，再对不准确不精炼的地方，逐字、逐句、逐段进行修改，就连一个标点符号也不能错过。做到用词精道准确，语言逻辑合理，语法修辞恰当。严谨细致，字斟句酌，深入剖析，精益求精。最终文章整篇读起来朗朗上口，富有感染力，就会成为精品。

多年来，虽然积累了一些写作经验，但自己的文字功底还有待进一步提高。只有谦虚谨慎，积极向上，努力学习新知识，积累新的经验，才能百尺竿头，更进一步！

养成积极的心态

许多人应该都不会忘记，在 2005 年的中国春节联欢晚会上，体能不同的舞蹈演员表演的节目《千手观音》，让全国的观众都为之震惊。他们用惊人的毅力，演绎出那么美轮美奂的舞蹈，给世人呈现了一场唯美的视觉盛宴。那是一次来自心灵深处的震撼。而在当下，当我们面对突如其来的困境时，有的人选择了退缩逃避，有的人选择了努力抗争，又有多少人战胜了意志，走出了泥沼呢？想一想自己，与他们那些身体虽残缺但心志坚强的人相比，还相差得太多太多了！

有时危机即是转机，危险中看到了机遇，机遇中又孕育着挑战。这时考验自己能力的时刻就到了。面临困难，势必会产生各种压力，可这往往就成为增强自身能力，磨砺成长，至关重要的一步。战胜困难，也就是战胜自己。我们应该学会坚强，学会奋斗，勇于和命运做斗争。一个人如保持正面积极、乐观向上的心态，去理性解决事情，摒弃消极、紊乱的情绪，才能减轻压力，机会自然主动找上门来，往往就会得到意想不到的结果，使自己立于不败之地。

积极的心态是后天培养的。有的人较为理智，沉着冷静；有的人不善交际，处事拘谨；有的人情绪多变，犹豫不决。每个人的性格不同、经历不同，同样付出的努力，得到的结果也各不相同。只有意识到了自身的不足，学会积极的思考，实践中去塑造、去锻炼，通过坚持不懈的努力来达到，才能找到适合自己的心态。

心态往往受感情、情绪、态度、习惯、信条等诸多因素的影响，这种外在的表现都是通过自己的情感流露出来。时好时坏，也带动了个人的思想，冲动、偏见便会无法控制。常于思考，也是调整自我心态必不可少的，也有利于自身的身心健康。

积极的心态好处很多。它有助于创新思维，挖掘潜力，克服心理障碍，建立自信，从而吸引财富，获得幸福和事业的成功。心态是积极的，我们就会树立远大的目标，摆正自己的位置。从身边的小事做起，一步一个脚印。做事细心，懂得三思而后行的道理。保持好的心情，不会急于求成，用欣赏的眼光去看待周围的一切，取人之长，补己之短，热心助人，从而体验着成功、满足和快乐。积极的心态特别有助于将压力转变成动力。

没有压力，就没有动力。成功者的方法是调整心态，压力变动力，消极变积极，有充足的信心和智慧做储备，能轻松冷静应对各种竞争和挑战，从而创造幸福富足的生活。

养成积极的心态，除掉消极的心态，你离成功就会不远了！

怀着感恩之心去工作

十九年前，风华正茂的我，同所有刚刚毕业走出校园的学生一样，一个人怀揣着梦想，拖着一个简单的行李箱来到了工作的地方，也迎来了我全新的生活。

初来乍到，脑子里空空如也，陌生与茫然写满脸庞。尤其是对刚刚接触的汽车消费信贷业务更是一筹莫展，真是丈二和尚摸不着头脑。没过几天，在妈妈打来电话询问工作情况时，居然没出息地哭了：我想家。就这样硬撑着，约一个月后，才慢慢地熟悉了业务，理清了头绪。同事们手把手地教我如何填写和纠正错误并耐心地传授经验，公司领导时时的关心、鼓励，也使我的信心与日俱增。

刚来的这段日子，由于公司业务量大，经常加班加点到深夜，几乎没有人能够按时下班。累了伸伸腰，渴了喝口水。每一个流程都要尽心尽力，容不得有一丝马虎，稍填错一个字就要重来，但没有一个人叫苦叫累。看到同事们一丝不苟、废寝忘食的样子，我也打起了十倍的精神，很快进入了角色，适应了快节奏的工作步伐，工作变得得心应手，业务能力也得到了飞跃式的提升，从一个小小的金融档案员迅速成长为一名能独当一面的业务能手。

工作虽然有时候很辛苦，但通过努力看到公司的业绩在突飞猛进的增长，心中涌出实实在在的成就感的同时，按捺不住欣喜；真真切切地感受到公司发展的超强潜力、超高凝聚力和超大的魅力，觉得热血沸腾；甘愿默默付出，无怨无悔，乐此不疲，全身心地投入工作中。

常常感怀十几年来在公司经历的点点滴滴，感动和温暖在我的脑海里时刻萦绕。

做人，要常怀一颗感恩之心。无论从事何种工作，身处何种环境，做的都是平凡而又不可缺少的工作，虽不耀眼，但能长存。试试看，把每天的工作成果看作是一次难得的经验。团结同事，踏实工作，蓦然发现，自己赢得了机会和尊重，获得了领导和同事的信任，从工作中得到更多的快乐，生活从而变得更加充实。

曾记得几年前在企业内部组织的培训讲师课堂上，培训老师向我们提问过："公司给了你什么？""稳定的工作、优厚的薪水、适当的物质、发展锻炼的机会、提升自我的平台……"大家纷纷抢答，而后我又补充了一句："还收获了爱情和家庭！"当时还引来在场同事的一阵大笑。难道不是吗？我和爱人因同事的关系相识相知、相恋相爱，如今儿女承欢膝下，尽享天伦之乐，公司就是我们名副其实的"媒人"，是公司让我享受到了爱情的甜蜜，是公司给了我一个温馨又快乐的家！而生活在公司这样一个温暖的大家庭里，有热情洋溢的同事，可亲可敬的领导，不是家人胜似家人，还有什么理由说自己不幸福？还有什么理由不感恩？

感恩我的公司，给我们提供了展现价值的舞台，让我们的工作水平得以提升，让我们的才智得以施展，让我们的人生阅历得以丰富，让我们的梦想得以实现。我们收获了青春锤炼、收获了爱情甜蜜、收获了温暖家庭和优厚物质。我眷恋她、我依赖她，我要永远追随她！

感谢我的领导，对企业所有员工的真诚信任和热情支持，是他为我们提供了学习机会和施展空间。每每想到这些，感恩之心油然而生。常怀感恩，我们的胸怀更加宽广；常怀感恩，我们的品质更加纯洁；常怀感恩，我们的意志更加坚定；常怀感恩，我们的斗志更加昂扬！

忠诚是感恩之心的核心内容。无论你面对一个团体、一个家庭或是一个人，忠诚意志要永久。要诚实可信，谦逊做人，踏实做事，清正廉洁，忠于操守。找准位置，摆正心态，时时自醒，清楚地认识到自己的缺点与不足，掰指头算时间算钱的职工没有前途，坚定信念很重要。企业好比一艘巨轮，载着我们在风浪中奋勇前行，让我们欣赏了风雨过后的绚丽彩虹；让我们学会了在浪花中驾船掌舵的本领；让我们领略了朝阳升起时的灿烂霞光；让我们张开了飞向未来理想的翅膀。所以我们更要加倍珍惜这艘巨轮，维护这艘巨轮，忠心耿耿，勤恳工作，从一点一滴做起，工作中不抱怨、不计较个人得失、不骄不躁。不忘初心，方得始终，慎终如始，则无败事，始终如一，终有善果。感恩是前进的动力，忠诚是最高的品质。不管这艘巨轮的前面是风平浪静，还是暴雨狂风，都要和她一起勇敢面对，坚守岗位，树立雄心，团结一致，携手并肩，让理想之舟达到光辉的彼岸！

当前，在工作和生活中，一些人总是习惯动口而不愿动手，习惯当"指挥员"，而不愿当"战斗员"。作为一个负责任的员工，要做到"贵在有心，重在行动"。"贵在有心"就是要意识到自己是公司这个大家庭中的一员，就要对自己所做的每一件事负责，不推卸责任，要有强烈的事业心和责任感；"重在行动"就是要珍爱自己的工作岗位，甘于平淡、无悔付出，从小处着手，细微认真地做好每一项工作，处处以公司的利益为重，为公司的更加辉煌贡献自己的力量。

"是雄鹰就要鸟瞰五洲搏击长空，是海燕就要展翅翱翔勇斗风雨"，要有"不经一番寒彻骨，怎得梅花扑鼻香"的奋斗精神，要有"人生自古谁无死，留取丹心照汗青"的浩然正气。让我们怀着一颗感恩的心去履行责任，让我们用坚守的忠诚去奋力拼搏，让我们携手去创造属于自己的辉煌，绽放属于自己的精彩！

踏莎行·一世情缘

冬日慢去，春风疾来。放眼原野，触动情怀。急回案边，拈笔飞书，仿照古韵，写下一首"踏莎行"。

一世情缘，万年之想，韶光弹指尘寰忘。颦眸暗许定佳期，与卿从此心相望。

十里春风，伴君吟唱，轻痕悠远传千丈。水莹愿自绕青山，盼回竹马儿时样。

心　路

寂静的夜晚
星光灿烂
弯月像只漂泊的小船

微闭双眼
回首过往的经年
思绪被牵得很远很远

曾经交织的情感
随着年轮的翻转
陈事幕幕再现

与友谈笑欢颜
常常流连忘返
内心早已恋上清寒

红尘苦短
梦亦难圆
莫再纠缠

雨竹

如一场离合悲欢
流云飘过的瞬间
忘却了愁烦

不被世俗所牵绊
淡看人生自安然

后　记

　　当今，坚持自己的梦想，静下心来写点文章的人似乎变少了。我从小学五年级就喜欢语文书里的好文章和有趣的故事。曾经在心中播下了一颗种子，种子是纯真、诚心、求知、信念、勇气。静待它生根，初春发芽。怀着激情、理想、付出、执着、真爱，在夏季里茁壮成长。一切的美好都值得去等待！等待它在秋天长成参天大树，去收获快乐、智慧、梦想、希望、力量。有了镌刻在心里的酸甜苦辣和点点滴滴的陪伴，即使在干冷的冬日里依然觉得温和暖暖。我还许下一个愿望：长大了也要写点文章汇集成册，让这个册子伴随自己无悔地行进在人生的漫漫长路上。

　　参加工作后，繁忙的工作和家中生活琐事，已经让我疲惫不堪，但还是挤出一切时间爬在"格子"里，享受着文字带来的独有快乐。一杯清茶，一卷书香，尽享悠然的时光和飘逸离尘的禅意，也不失为一种人生雅趣。热爱生活，关心他人，书写身边人，书写经历事；亲近自然，寄情山水，放飞心灵，抒发情感；钟情阅读，拓宽视野，提高底蕴，寻求共鸣。时光里的点点滴滴，用文字付诸笔端。经过多年的持之以恒，笔下的散文、诗词等已积累若干，精选百篇，今汇成册，与读者见面。

　　《雨竹》能够顺利付印出版，要特别感谢瘦客先生。一次机缘巧合，我有幸结识了瘦客先生。因为时间关系，虽然仅仅聊了十多分钟，但是先生平静的话语、睿智的目光、严谨的思维，深深地印在了我的脑海里。先生说他自己是"半路出家"的文学爱好者。先生还说："学历高低不重要，是否科班不重要，重要的是自己学习、钻研。"先生有一副对联说得好：学习莫怕根基浅，只要迈步总不迟。先生的话，让我受益良多。先生说过：文艺工作者，必须要了解和清楚世界文学史和中国的文学史以及当代文学的发展趋势。否则，文学创作就会偏离正确的轨道。对此，我深有同感。

经过多年来的写作实践，我基本上掌握了各类文体的写作要领和手法。对文学创作方面也能进行精准的概括和总结，逐步形成了自己的文风，积少成多，艺无止境。我要继续前行，达到最初理想的彼岸。

感谢所有关爱我的人，感恩生命中的遇见！

董小翠

2019 年 10 月于唐山